トラバース 作

メアリ・ポピンズ

岸田衿子 訳

安野光雅 絵

朝日出版社

まえがき

この本の冒頭は、

「桜並木通りへいきたかったら、交差点で、お巡りさんに聞けばいいのです」にはじまる。

わたしは、ここで、もう苦笑した。かりに交番で聞いたとして、その通りにいけるかどうかというと大変問題になる。

メアリ・ポピンズならいけるかもしれないが、岸田衿子さんは絶対にいけない。とにかく東京にすんでいながら東京の地図にはまったく関心がない。だから座談会とか、よしんばデートということになっても、問題の場所にはいけない。

わたしは、そんなとき、ほとほと困って、家から車に乗ってきてください、というほかなかった。

すると、そのようにして、まるでメアリ・ポピンズのようなあらわれ方をする。

バッグもなにもかも一つになって、ドカーンと玄関に落ちたような気がします。

「いってみない、だれだか見てこない?」と、ジェインは言って、マイケルの手をひっぱって、子ども部屋の所を通って階段の上に出ました。

（この本に、写真は載っていないのですが、わたしの知っている衿子さんは髪の毛が多すぎて、ふっくらとしたスタイルです。一人では洗えないのでそのたびに美容院へいくのだということでした。

この姉妹はちょっと日本人ばなれしているせいもあって、学生のころは、男子学生からよくもてたといいますが、そうかもしれません）

衿子さんは、美術学校を出ました。そして詩人になりました。

金子光晴もそうです。でも詩人というのはそれだけで生活していけない。それでも詩や文学にかかわり熾烈な生き方をした人たちです。

安野光雅

二〇一九年一月

メアリ・ポピンズ　もくじ

一　東の風

　桜並木通りへいきたかったら、交差点で、お巡りさんに聞けばいいのです。お巡りさんは帽子を少し横にずらし、まじめくさって頭をかいてから、大きな白手袋をはめた指で指さしながら、教えてくれるでしょう。「まず右へ曲がり、つぎに左、それから、もう一度深く右へ曲がると、桜並木通りです。ごきげんよう」で、お巡りさんの言ったとおりに、きちんといけば、かならず、そこへ出ます。――桜並木通りのちょうどまんなかへ。通りの片側はずっと家がならんでいて、反対側は公園、そうして、道のまんなかには、枝をひろげたサクラの木がずうっとつづいています。

　この通りの十七番地をさがしているんでしたら――この本のお話はぜんぶその家のことなのですから、きっとさがしていると思いますが――すぐ見つかります。まず第一に、その家は、桜並木通りでいちばん小さい家なのです。それに、古ぼけていて、ペンキのぬりなおしをしたほうがいいと思われるのは、その家だけなのです。でも、主人のバンクスさんは、奥さんに、りっぱで清潔な気持ちのよい家がいいか、四人の子どもがいいか、どちらかだな、と言いました。両方ともはだめ、そういうわけにはいきませんでしたから。

　奥さんは、この問題について、しばらく考えてから、ジェイン（いちばん上の女の子）と、マイケル（つぎに生まれた男の子）と、ジョンとバーバラ（双子の末っ子）のほうがいい、と決めました。そこで話も決まり、バンクスさん一家は、桜並木通りの十七番地に住むようになりました。お料理をするのはブリルおばさん、食卓の世話をエレン、それから、芝を刈ったり、ナイフをといだり、靴をみがいたりするほかに、バンクスさん流に言うと、「ひまつぶしの給料取り」をやっている、ロバートソン・アイがいっしょに暮らしています。

それから、また、この人たちのほかに、ケティばあやがいましたが、もうこの本に出てくる資格はないのです。なぜかというと、このお話は、ちょうどばあやが十七番地の家からいなくなったところから、はじまるのですから。

「ひとこともことわらないで、だまっていってしまうなんて。でも、これからどうしたらいいでしょう」と、バンクスさんの奥さんは言いました。

「新聞広告をだすんだな」と、バンクスさんが、靴をはきながら言いました。「わたしとしては、ロバートソン・アイに、あいさつぬきで、出てってもらいたいね。また靴を片いっぽうだけみがいて、もう片方はぜんぜんだ。さぞかし、中途はんぱに見えるだろうさ」

「そんなこと」と、奥さんが言いました。「どうだっていいじゃありませんか。それより、ケティばあやのこと、どうしたらいいか、うかがってるのに」

「消え失せてしまったものを、どうのこうの言ったって、しょうがない」

バンクスさんは答えました。

「もし、おれだったら――ああ、わたしだったら、だな――うむ、だれかにたのんで、モーニング新聞に記事をだしてもらうね。ジェインとマイケルと、ジョンとバーバラの兄弟は――お母さんのことはぬきにして――いちばんいいお手伝いさんを、いちばん安い給料で求む、大至急、とね。そうすれば、家の玄関の前にねえやの列ができることになるわけだ。そうすると、交通はとまる、やっかいをかけたから、お巡りさんにどうしても一シリング出さねばならなくなる、というわけで、わたしは腹をたてるだろう。さて、出かけるぞ。ふうう、寒い。これじゃあ北極だ。どっちから吹いてくるんだ、風は――」

そう言いながら、バンクスさんは、窓からひょいと首を出して、通りの角のブーム提督の家のほうを見ました。ブーム提督の家は桜並木通り一の大きな家でした。そして、桜並木通りの誇りでした。なにしろ、一艘《そう》の船のようにつくってある家でしたから。庭には旗竿《はたざお》が立ち、屋根の上には、望遠鏡の形をした、金色に輝く風見がありました。

「そーれ」と言って、バンクスさんは、大急ぎで首をひっこめました。

「提督の望遠鏡では、東の風だ。そうだろうと思った。骨までこおりそうだ。外套《がいとう》を二つ着るとしよう」

それから、バンクスさんは、奥さんの鼻の横にうわのそらのキスをして、子どもたちに手をふって、町へ出かけていきました。

ところで、その町というのは、バンクスさんが毎日いくところでした。もちろん、日曜日はいきません。銀行のお休みの日も。そこにいるあいだ、バンクスさんは、大きな机の前の大きな椅子にすわって、お金をつくっていました。一日じゅう働いて、ペニー銅貨やシリング銀貨をつくりだしました。それを小さな黒い鞄《かばん》に入れて、家へ持って帰りました。ときどき、ジェインやマイケルに、貯金箱用に、少しわけてくれましたが、わけてくれるぶんがないときには、いつも、「銀行は破産したよ」と、言いました。そうすると、子どもたちは、今日はあんまりお金ができなかった、ということがわかるのでした。

さて、バンクスさんが黒い鞄《かばん》を持って出かけると、奥さんは応接間に入って、一日じゅうそこで、いろんな新聞社にあてて手紙を書いたのでした。

子守りのばあやを大至急寄こしてください、と……。

そのころ、二階の子ども部屋では、ジェインとマイケルはどんな人がくるのかしら、と、窓から外を見はっていました。ふたりは、ケティばあやがいなくなって、大喜びでした。ふたりは、もともとケティばあやが嫌いでしたから。ばあやは、年取っていて、太っていて、おも湯の匂いがしたからです。だれがきたとしても、ケティばあやよりはましだ、と思いました。――ずうっといいというわけにはいかなくても。

その日も夕方になって、公園の向こうに日が落ちるころ、ブリルおばさんとエレンがあがってきて、ふたりに晩ごはんを食べさせて、双子をお風呂に入れました。晩ごはんがすむと、ジェインとマイケルは窓のところにすわって、バンクスさんの帰りを待っていました。そうして、通りのサクラ並木の、葉の落ちた枝を吹きぬける、東風の音を聞いていました。サクラの木々は、薄らあかりのなかで、枝をふるわせたりねじまげたりして、まるで、気でも狂って、根っこごと地面から踊りだすのかと思われるようでした。

「お父さまだ」と、突然マイケルが、門に激しくぶつかった人影を指さして言いました。ジェインは、深まる闇をすかして見ました。

「あの人、お父さまじゃないわ。ちがう人よ」と、ジェインは言いました。

そのとき、人影は、風にゆすられて、からだをかがめ、門の掛金をあげました。それで、ふたりは、その人が女の人で、片手で頭の帽子をおさえ、片手でバッグをさげているのがわかりました。じっとふたりが見ていると、目の前で、不思議なことがおこりました。その人が門のなかに入ったかとおもうと、いきなり、風がその人をつかまえて空中にもちあげ、家のところへ吹き飛ばしたように見えました。どうも風は、最初門のところまでその人を吹き寄せて、門をあけるのを待って、また、からだをもちあげ、バッグもなにもかもいっしょに、玄関のところへほうり投げたような感じでした。ずっと見ていた子どもたちの耳に、ドシンというすごい音が聞こえました。その人が地面に着いたとき、家じゅうがゆれました。

「へんだなあ。あんなの見たことないや」と、マイケルが言いました。

「いってみない、だれだか見てこない？」と、ジェインは言って、マイケルの手をひっぱって、窓のところをはなれ、子ども部屋を通って、階段の上に出ました。そこからは、玄関の広間でおこることが、よく見えました。

やがて、応接間から、お客さまをつれて、お母さまが出てきました。お客さまは、つややかに光る黒い髪をした女の人だということが、すぐわかりました。

「なんだか、木のオランダ人形みたい」と、ジェインが小声で言いました。それから、その人は、やせていて、手や足が大きくて、小さな、つきさすように光った青い目をしていることも、わかりました。

「とてもいい子どもたちだって、すぐおわかりになりますわ」と、お母さまが言っているところでした。

マイケルは、肘《ひじ》で、ジェインをぐいとつつきました。

「それに、ちっとも世話がかかりませんの」と、お母さまは言葉をつづけましたが、どうもあやふやな感じで、まるで、自分の言っていることを、自分で信じていないみたいでした。お客さまも、やっぱり、ほんとにしない、というふうに、鼻をフンと鳴らすのが、聞こえました。

「では、保証人のことを――」と、お母さまはつづけました。

「あの、わたくし、保証人はけっしてたてないことに、決めております」

と、お客さまは、きっぱりと言いました。お母さまは目をまるくしました。

「でも、普通そうするものと思ってましたけど」と、お母さまは言いました。「つまり――だれでもかならずたてると聞いておりますけど」

「たいへん古臭い考えです。わたくしが思いますのに」と、きびしい声でそう言うのが、ジェインとマイケルに聞こえました。「たいへん古臭い考えです。時代遅れ、と申しあげてもよろしいでしょう」

ところで、バンクス夫人が嫌いなものがひとつあるとしたら、それは、古臭いと思われることでした。それだけは、どうにも我慢できませんでした。それで、すぐ言いました。

「では、けっこうです。わたしどものほうはかまいませんの。ただ、万一、あなたのほうで、そのご希望だったら、と思って。あの、子ども部屋は二階ですの――」

そうして、お母さまは、先にたって階段のほうへいきましたが、そのあいだじゅう、休みなしに話しつづけていました。このおしゃべりのために、お母さまは、うしろでなにがおこっているのか、ちっとも気がつきませんでした。しかし、ジェインとマイケルは、上の踊り場から見おろしていたので、お客さまがここでやってしまった途方もない軽業《かるわざ》を、すっかり見物してしまいました。

たしかにお客さまは、お母さまのあとから二階へのぼってきました。しかし、普通ののぼりかたではないのです。大きなバッグを両手でかかえて、階段の手すりの上を、しとやかにすべりのぼってきたのです。上に着いたときは、お母さまといっしょでした。こんな方法は、ジェインもマイケルも、いままでに見たことがありません。下へ、でしたら、もちろん、あたりまえです。ふたりともよくやったものです。でも、上へなんて――とんでもない。ふたりはこの不思議なはじめてのお客さまを、穴のあくほど見つめました。

「さあ、これでなにもかも決まりましたわね」

ほっと溜息をつくように、お母さまが言いました。

「ええ。こちらの気分次第で」と、お客さまは言うと、大きな赤と白のろうけつ染めのハンケチで鼻をふきました。

「あら、あなたたち」と、お母さまは、ふたりがいるのにはじめて気がついて、言いました。

「そこでなにしてるの。さあ、こちらが、こんどあなたたちの世話をしてくださる、メアリ・ポピンズよ。ジェイン、マイケル、ごあいさつして、それからこれが」と、ゆりかごのなかの赤ん坊を指さして、「うちの双子です」

メアリ・ポピンズは、子どもたちにじいっと目を向けました。まるで、この子どもたちを好きになろうか、なるまいか、決めようとしているかのように、ひとりひとりを、順番に見ていきました。

「ぼくらでかまいませんか?」と、マイケルが言いました。

「マイケル、つまらないことを言うんじゃないの」と、お母さまが言いました。

メアリ・ポピンズは、まだ、四人の子どもたちを、調べるように、見つめていましたが、やっと心が決まったというふうに、フフンと大きく鼻を鳴らして、言いました。

「お引き受けいたします」

「それはもう、まるで――」と、あとでお母さまは、お父さまに言いました。「わたしたちにとって、たいした名誉になるとでもいうふうでしたっけ」

「ま、そうなんだろう」

と、お父さまは言って、新聞の端っこから、ちょっと鼻をのぞかせて、またすぐにひっこめました。

さて、ジェインとマイケルは、お母さまがいってしまうと、メアリ・ポピンズのほうににじり寄ってきました。メアリ・ポピンズは、両手を前に組んで、柱のようにじっとつっ立っていました。

「どうやってきたの?」と、ジェインが聞きました。

「風に乗って飛んできたみたいだったけど」

「そうです」と、メアリ・ポピンズは、あっさりと言いました。そうして、マフラーを首からはずしたり、帽子をぬいだりして、寝台の柱にかけました。

メアリ・ポピンズは、それっきりなにも言いそうにありませんので――いくども、フンと鼻を鳴らしましたけど――ジェインも、やっぱりだまっていました。

でも、メアリ・ポピンズが、バッグをあけようとしてかがんだとき、マイケルは、もうだまっていられなくなりました。

「へんなバッグ!」と、マイケルは言って、指でちょっとバッグをつまんでみました。

「じゅうたんです」と、メアリ・ポピンズは言って、鍵を鍵穴にさしこみました。

「じゅうたんを入れて運ぶもの？」

「いいえ、で、できているんです」

「ああ、わかった」と、マイケルが言いました。でも、ほんとは、よくわかりませんでした。

そのあいだに、バッグがあきました。ジェインとマイケルは、度胆をぬかれてしまいました。バッグのなかは、ぜんぜんからっぽでした。

「まあ」と、ジェインが言いました。

「なんにも入ってないわ！」

「なんですって！　なんにもない？」

と、メアリ・ポピンズはきっとなって、言いかえしました。まるでばかにされた、とでもいうように。

「なんにも入ってない、って言いましたか？」

そう言いながら、メアリ・ポピンズは、からのバッグのなかから、糊《のり》のきいた真っ白なエプロンをとりだして、腰につけました。それから、大型のサンライト石鹸《せっけん》と歯ブラシ、ヘアピンひと束と、香水の瓶《びん》と小さな折りたたみ式肘掛《ひじかけ》椅子と、咳《せき》どめ飴《あめ》ひと箱をとりだしました。

ジェインとマイケルは、目をまるくしました。

「でも、ぼく、ほんとに見たんだもの」と、マイケルが小声で言いました。「ほんとに、からっぽだったんだよ」

「しいーっ！」と、ジェインが言いました。メアリ・ポピンズが、〝寝る前にひと匙《さじ》〟と書いた紙のついた、大きな瓶《びん》をとりだしているところでした。

匙《さじ》がひとつ、その瓶《びん》の首のところについていました。その匙《さじ》に、メアリ・ポピンズは、濃いえんじ色の液体をつぎました。

「それ、あなたのお薬？」と、マイケルがたずねました。

「いいえ、あなたのです」と、メアリ・ポピンズは言って、マイケルのほうに匙《さじ》をつきだしました。マイケルは目をまるくしました。鼻の頭にしわを寄せて、文句を言いはじめました。

「ほしくないよ。いらないよ。飲まないったら！」

しかし、メアリ・ポピンズの目を見たら、言うことを聞かないわけにはいかないことが、マイケルにわかりました。メアリ・ポピンズには、なにか変わった、なみはずれたところがありました。――どこか、こわくなるような、それでいて、とても人を引き寄せるようなところが――。匙《さじ》は近づいてきました。マイケルは息をとめ、目をつぶり、ゴクッと飲みました。おいしい味が、口いっぱいにひろがりました。マイケルは、舌をゆっくりまわして、飲みこむと、うれしそうに、にっこり笑いました。

「ストロベリー・アイスだ」と、マイケルはうっとりとして、言いました。

「もっと、もっと、もっと！」

でも、メアリ・ポピンズは、前と同じきびしい顔つきをして、ジェインの薬を匙《さじ》についでいました。それは、銀色や、緑や、黄色に光って、匙《さじ》に流れこみました。ジェインも飲みました。

「ライム・ジュース・コーディアルだわ」と、ジェインは言って、おいしそうに唇をなめまわしました。でも、つぎにメアリ・ポピンズが瓶《びん》を持って、双子のほうへいくのを見て、ジェインはとんでいきました。

「あ、いけないわ――お願い。まだ赤ちゃんですもの。きっと、よくないわ」

でも、メアリ・ポピンズは、そんなことは気にもとめずにいましめるようなこわい目で、ジェインをちらと見てから、匙《さじ》をジョンの口にもっていきました。ジョンは、夢中でなめました。そうして、ジョンのよだれ掛けにこぼれたしずくを見て、ジェインとマイケルは、匙《さじ》の中身がミルクだということが、すぐわかりました。

それからバーバラが、自分のぶんをもらいました。バーバラは喉《のど》をクウクウ鳴らして、匙《さじ》を二度もなめました。

メアリ・ポピンズは、それから、もうひと匙《さじ》ついで、重々しく自分で飲みました。「ラム・パンチ」と言って、パチッと唇を鳴らし、瓶《びん》に栓をしました。

ジェインもマイケルも、びっくりして、目の玉がとびだしそうでしたが、しかし、いつまでも、驚いているひまはありませんでした。メアリ・ポピンズが、不思議な瓶《びん》を暖炉の上に置くと、ふたりのほうへもどってきたからです。

「さあ」と、メアリ・ポピンズは言いました。

「寝るとしましょう」

そして、ふたりの服をぬがせにかかりました。ところが、ふたりが気がついたことには、ケティばあやのときには、ボタンやホックをはずすのに、ひどく手間がかかったものでしたが、メアリ・ポピンズがすると、ひと目にらんだだけで、すぐはずれてしまうのでした。一分もたたないうちに、ふたりはベッドのなかにいました。そうして、暗くしたあかりのなかで、メアリ・ポピンズが残りの荷物をとりだすのを、見ていました。

じゅうたん製バッグから、メアリ・ポピンズは、フランネルの寝間着を七つ、木綿《もめん》の寝間着四つ、編上げ靴一足、ドミノひと組、入浴用の帽子二つ、絵葉書のアルバム一冊をとりだしました。最後に出てきたのは、毛布も羽根ぶとんもすっかりそろった、折たたみ式の寝台でした。それを、メアリ・ポピンズは、ジョンとバーバラの寝台の間に置きました。

ジェインとマイケルは、わくわくしながら見ていました。なにからなにまで、ほんとに驚くようなことばかりで、なんて言っていいかわかりませんでした。でも、ふたりとも、桜並木通り十七番地に、いままでにない、なにか不思議な事件がおこったのだということは、よくわかりました。

メアリ・ポピンズは、フランネルの寝間着を頭からすっぽりかぶると、まるで、それをテントみたいにして、その下で着がえをはじめました。この新しくきた不思議な人が、すっかり気にいってしまったマイケルは、もう、だまっていられなくなりました。それで、「メアリ・ポピンズ」とマイケルは呼びかけました。

「いつまでもいてくれるんでしょ?」

寝間着の下からは、なにも返事がありませんでした。マイケルは、我慢できなくなりました。

「ずうっと、いるんでしょう?」と、熱をこめて、言いました。

メアリ・ポピンズの頭が、寝間着のてっぺんから出てきました。すごくこわい顔をしていました。

「もういっぺん、言ってごらんなさい」と、おどかすように、言いました。「お巡りさんをよびますよ」

「ぼくは、ただ」と、マイケルはおずおずと言ったのでした。「ずうっといてもらいたいと、思うんで――」

マイケルは、顔が赤くなって、どぎまぎしてしまって、そこでやめました。メアリ・ポピンズは、だまったまま、マイケルからジェインへ、目を移しました。それから、フン、と鼻を鳴らして、

「風が変わるまで、います」と、そっけなく言うと、ろうそくを吹き消し、ベッドに入りました。

「よかった」と、マイケルは、半分は自分に、半分はジェインに、言いました。でも、ジェインは聞いていませんでした。ジェインは、今日おこった不思議な出来事を、あれこれと考えていましたので――。

このようにして、メアリ・ポピンズは、桜並木通り十七番地で暮らすようになりました。そうして、たまには、ケティばあやが家をとりしきっていたころの、もっと静かな、もっと普通の生活が懐かしいこともありましたが、結局、みんなメアリ・ポピンズがきたことを、喜んでいました。バンクスさんは、メアリ・ポピンズがひとりでやってきたため、通行止めをしたり、お巡りさんにチップをあげないですんだので、満足していました。バンクス夫人は、今度の子どもの係は、たいへん新式で、保証人などいらない人だと、だれにでも自慢できることを、喜んでいました。ブリルおばさんとエレンは、一日じゅう台所で濃いお茶を飲んでいられるし、子ども部屋の晩ごはんの世話もしなくてすむので楽だと思いました。ロバートソン・アイも、また、メアリ・ポピンズは一足しか靴をもっていないし、しかも、自分でみがく、と言うので、うれしく思いました。

でも、メアリ・ポピンズはどんな気持ちでいるのか、それはだれにもわかりません。

メアリ・ポピンズは、だれにも、なんにも、言いませんでしたから。

MAR

二　外出日

「お休みは、二週間おきの木曜日よ」と、バンクス夫人は言いました。

「二時から五時まで」

メアリ・ポピンズは、きびしい目でバンクス夫人を見つめました。そうして、

「上流の方々のお宅では、奥さま」と言いました。

「一週間おきの木曜日で、一時から六時です。わたくしは、そうさせていただきます。もしだめでしたら――」

メアリ・ポピンズは、そこで言葉をとめました。そうして、バンクス夫人には、なぜ言葉をとめたのか、よくわかりました。それは、つまり、のぞんだとおりにならなければ、メアリ・ポピンズはこの家から出ていく、ということでした。

「けっこうよ。けっこう」と、バンクス夫人は、急いで言いました。自分よりメアリ・ポピンズのほうが、上流の人たちのことを、ずっとよく知っているはずはない、と思いたかったのですが。

さて、メアリ・ポピンズは、白い手袋をはめて、こうもり傘を小脇にかかえました。――といっても、雨が降っていたからではありません。そのこうもり傘には、とてもすばらしい柄《え》がついていましたので、どうしても家に置いていく気にはなれなかったのです。

だれだって、柄《え》のところがオウムの頭の形をしているこうもり傘をもっていたら、それを家に置いて出

かけるなんて、どうしてできましょう。それに、メアリ・ポピンズは、相当うぬぼれ屋で、いちばんいいかっこうを見せるようにつとめていました。いえ、いつでも最もよく見えるという自信にあふれていました。

　ジェインが、子ども部屋の窓から、メアリ・ポピンズに手をふりました。

「どこにいくの?」と、ジェインが、聞きました。

「窓をしめてください」と、メアリ・ポピンズは言いました。そうして、ジェインの顔は、すぐ子ども部屋のなかに消えました。

　メアリ・ポピンズは、前庭を通って、門をあけました。通りへ出ると、ものすごい急ぎ足で歩きだしました。まるで、急いでついていかないと、今日の午後に逃げられてしまう、とでも思っているようでした。角までできて、メアリ・ポピンズは右へ曲がり、それから左へ曲がりました。それから、こんにちは、と声をかけたお巡りさんに、簡単に会釈しましたが、これで、外出日のはじまりを、いよいよ感じました。

　やがて、からっぽの自動車の横で、メアリ・ポピンズは立ちどまりました。窓ガラスに映してみて、帽子をなおし、それから、上着をぴんとのばして、こうもり傘を、もっとしっかりと脇にかかえこみました。そうやって、こうもり傘の柄《え》が、というより、オウムの頭が、だれの目にも目立つようにしたのです。こうして用意が整うと、メアリ・ポピンズは、マッチ売りに会いに、歩きだしました。

　さて、マッチ売りは二つの職業をもっていました。普通のマッチ売りと同じようにマッチを売るだけではなく、歩道に絵をかくこともやりました。この二つの仕事を、その日のお天気次第で、かわるがわるやりました。雨の日は、いくらかいても、雨で絵が消されてしまうでしょうから、マッチを売りました。お天気の日は、一日じゅう、膝をついて、歩道の上に色チョークで絵をかいていました。そのかきかたはすばやくて、歩いている人が角までいかないうちに、通りの片側をすっかりかきあげて、向こう側もかいてしまうというぐあいでした。

今日のこの日は、寒くてもよく晴れていたので、マッチ売りは絵をかいていました。新しく二本のバナナに、ひとつのリンゴと、エリザベス女王の顔の絵を、ほかの絵にかきくわえているところでした。そこへ、メアリ・ポピンズがやってきたのです。びっくりさせようとして爪先立ちで――。

「ねえ」と、メアリ・ポピンズはやさしく声をかけました。

マッチ売りは、手を休めずに、バナナの斑点《はんてん》の部分や、エリザベス女王の巻毛のところを茶色でかきいれていました。

「うっふん!」と、メアリ・ポピンズは、しとやかに咳払《せきばら》いをしました。

マッチ売りは、びっくりしてふりむいて、

「メアリ!」と、大きな声で言いました。その声は、マッチ売りにとって、メアリ・ポピンズがどんなにだいじな人であるか、だれにでもわかるような声でした。

メアリ・ポピンズは、下を向いて、片方の靴の先を二、三度歩道にすりつけました。それから、靴を見たまま、にっこりとしました。でも、靴に向かってにっこりしたのではない、ということは、靴にもよくわかったようでした。

「きょうがお休みの日よ、バート」と、メアリ・ポピンズは言いました。「おぼえてなかった?」

バートというのが、マッチ売りの名前でした——日曜日に教会にいくときの名前は、ハーバート・アルフレッドでした。

「もちろん、おぼえてたさ、メアリ」と、バートは言いました。「だけど——」と言って、あとはだまって、悲しそうに帽子のなかを見やりました。帽子は、道路の、終わりにかいた絵の横に置いてあって、なかに二ペンス入っていました。バートは帽子を拾いあげ、二つのペニー銅貨をチャラチャラ、と鳴らしました。

「きょうはそれだけ？　バート」と、メアリ・ポピンズは言ったのですが、その声がとても晴れ晴れとしていたので、少しもがっかりしたようには、聞こえませんでした。「これでぜんぶさ」と、バートが言いました。

「きょうは、不景気でね。あの絵を見たら、だれだって喜んでお金を出したくなると思うだろ？」

そう言って、エリザベス女王の絵のほうを顎《あご》でさしました。

「でも、まあ——こんなものさ、メアリ」と、溜息をつきました。「きょうはお茶にさそえそうもないね」

メアリ・ポピンズは、外出日にはいつもふたりで食べる、木イチゴジャム・ケーキのことを思い浮かべて、いまにも、溜息がでそうになりましたが、そのとき、マッチ売りの顔が目に入りました。そこで、とてもじょうずに、溜息を微笑ととりかえました。——唇の両端をちょっとあげた、たいへんやさしい微笑でした。——そして、言いました。

「いいのよ、バート。気にすることないわ。お茶にいかないほうがいいかもしれない。だって、おなかにもたれるもの——。ほんとに」

メアリ・ポピンズがどんなに木イチゴジャム・ケーキが好きだったかということを思えば、なかなか思いやりのこもった言葉でした。

マッチ売りも、たしかに、そう思ったようです。メアリ・ポピンズの白手袋の手をとって、かたくにぎりしめましたから。それからふたりは、いっしょに、ならんだ絵の列にそって歩きはじめました。

「ほら。はじめての絵があるよ」と、マッチ売りは得意になって、ひとつの絵を指さしました。それは雪が降り積もった山で、その裾野《すその》にはいちめんに、大きなバラの花にとまったバッタがかいてありました。

今度は、メアリ・ポピンズは、マッチ売りの心を傷つけないで、思うぞんぶん溜息をつくことができました。

「まあ、バート」と、メアリ・ポピンズは言いました。

「すばらしい絵じゃない！」

そうして、その言いかたで、この絵が王室博物館に飾られるのがあたりまえなのに、という気持ちを、マッチ売りに感じさせました。王室博物館というところは、いろいろな人のかいた絵をかけておく、広い部屋です。そこへ、みんな絵を見にきて、長いこと絵を見てから、だれもが、「なんと、まあ――ねえ」と、お互いに言いあうのです。

つぎに、メアリ・ポピンズとマッチ売りの前にあらわれた絵は、またいちだんと素敵でした。それは、田舎の絵でした。――いちめんの木立ちと芝生、遠くのほうに、ちらと青い海が見え、背景には、海水浴場のマーゲイトにどこか似たところがありました。

「まあ、なんて――」と、メアリ・ポピンズは感嘆の声をあげて、もっとよく見ようと、身をかがめました。

「あら、バート、どうしたの？」

マッチ売りが、そのとき、メアリ・ポピンズの手を両方ともしっかりつかまえていて、息をのみこんだような顔をしたからです。

「メアリ」と、マッチ売りのバートは言いました。

「いいことを思いついた。すてきな考えだ。いこうよ、そこへ――たったいま――きょうだよ！　ふたりで、この絵のなかへ。どう、メアリ？」

そう言って、メアリ・ポピンズの両手をとったまま、マッチ売りは、通りの外へひっぱりだしました。鉄の柵からも電柱からもはなれて、その絵のまっただなかへ。フウッ！　もう、ふたりはそのなかです。まったく絵のなかです。

そこは、なんて緑が濃く、なんという静けさでしょう。そうして、足もとの芝生は、なんとまたやわらかく、こまやかなことでしょう。ふたりは、とても、ほんとうだとは思えませんでした。でも、緑の枝は、身をかがめて下を通れば、サワサワとふたりの帽子にささやき、色とりどりの小さな花が、ふたりの靴にまといつきました。ふたりは、顔を見あわせ、目をまるくしました。そうして、お互いに、相手がすっかり変わっているのに、気がつきました。メアリ・ポピンズには、マッチ売りが洋服をひとそろい新調したように思われました。マッチ売りは、いまは、明るい緑と赤の縞《しま》の上着に、白いフランネルのズボン、それに、なによりも、新しい麦わら帽子までかぶっていました。いつもより、こざっぱりとした、まるでみがきあげたような姿でした。

「まあ、バート、りっぱよ」

と、メアリ・ポピンズはすっかり感動して叫びました。

バートは、しばらくは、ものが言えませんでした。口をぽかんとあいて、まんまるな目でメアリ・ポピンズを見つめたままでした。それから、ゴクリ、と息をのんで、言いました。

「うは！」

それだけでした。でも、それがまたなんともいえない言いかたでしたし、それに、じっと見つめたきりでしたし、その目はほんとうに輝いていましたので、メアリ・ポピンズは、バッグから小さな鏡をとりだして、自分の姿を映してみました。

すると、メアリ・ポピンズは自分も、変わっていることに気がつきました。肩には、いちめんに水色の模様をまきちらしたきれいなレイヨンのマントを、はおっていて、どうも首筋のあたりがくすぐったいと思ったのは、鏡で見ると、帽子のつばをこえてたれさがっている、長く渦まいた鳥の羽根のせいでした。いままでのよそいきの靴は姿を消して、そのかわり、もっとりっぱな、きらきらしたダイヤモンドのバックルのついた靴をはいていました。変わらないのは白い手袋と、オウムの柄《え》のこうもり傘だけでした。

「まあ！」と、メアリ・ポピンズは言いました。

「いまこそ、外出日だわ」

さて、そんなふうに、自分や相手のすばらしさに驚きながら、ふたりは連れだって小さな木立を通りぬけていきました。しばらくいくと、日の光がいっぱいにそそいでいる、ちょっとひらけた場所に出ました。

すると、そこに緑のテーブルがあって、その上には、午後のお茶の用意がしてありました！

まんなかには、木イチゴジャム・ケーキが、メアリ・ポピンズの腰の高さぐらいまで、積んでありましたし、そのそばには、真鍮《しんちゅう》の湯わかしのなかでお茶がたぎっていました。もっとすばらしいことは、ふた皿の二シガイで、身をとりだすための金の楊枝《ようじ》も、二つちゃんとついていました。

「夢みたい！」

と、メアリ・ポピンズは言いました。

「うは！」と、マッチ売りが言いました。それは、うれしいときに、おもわずメアリ・ポピンズが言う言葉でした。これは、マッチ売り独特の言葉でした。

「おかけくださいませんか、奥さま」

と声がして、ふたりがふりかえってみると、黒い洋服を着た背の高い人が、ナフキンを腕にかけて、林から出てきました。

メアリ・ポピンズは、すっかり驚いてしまって、テーブルのまわりにある小さな緑色の椅子のひとつに、ぺたん、と腰をおろしました。マッチ売りも、目をまるくして、くずれるように、別の椅子に腰をおろしました。

「わたくしは、給仕人でございますが」

と、黒い洋服の人は、あらたまって言いました。

「ああ、そうなの！　でも、絵のなかにあなたいなかったわね」と、メアリ・ポピンズは言いました。

「はあ、わたくし、木のかげにおりましたので」と、給仕人は説明しました。

「おかけになったら、いかが？」と、メアリ・ポピンズは言いました。ていねいに。

「給仕人は、けっして腰をかけないのでございます。奥さま」と、給仕人は言いましたが、そうすすめられたことを、喜んでいるようでした。

「ニシガイを、どうぞ、だんなさま」と、給仕人は、ニシガイの皿をひとつ、マッチ売りにすすめました。

「あ、楊枝《ようじ》を、どうぞ」

楊枝《ようじ》をナフキンでふいて、マッチ売りに渡しました。

ふたりは、午後のお茶にとりかかりました。そして、給仕人は、いつでもご用に応ずるよう、そばに立って気をくばっていました。

「結局、わたしたち、食べることになったわね」

と、メアリ・ポピンズは大きなささやき声で言いながら、木イチゴジャム・ケーキの山に手をのばしました。

「ほう!」とマッチ売りは相槌《あいづち》をうって、いちばん大きなのを二つとりました。

「お茶はいかが?」と、給仕人は言って、それぞれ大きな茶碗《ちゃわん》に、湯沸かしからお茶をいっぱいつぎました。

ふたりは飲みました。そして、めいめい二杯ずつおかわりをしました。さて、それから、幸運を祈って、木イチゴジャム・ケーキの山をたいらげました。それがすむと、ふたりは立ちあがって、お菓子のくずを払い落としました。

「お支払いはけっこうです」と、給仕人は、ふたりが勘定のことを聞かないうちに、言いました。

「おいでいただけて、光栄にぞんじます。すぐあちらに、メリー・ゴー・ラウンドがございますが」

そう言って、給仕人は、茂みのちょっとした隙間を手でしめしました。なるほど、いくつかの木馬が台の上をまわっているのが、ふたりの目に入りました。

「おかしくない？」と、メアリ・ポピンズは言いました。

「あれも、絵のなかにはなかったと思うけど」

「ああ」マッチ売りも、そう思ったのですが、「絵の奥のほうにあったんだ」と、言いました。

ふたりが近づいていくと、メリー・ゴー・ラウンドは、ちょうど、スピードを落としているところでした。ふたりはとび乗りました。メアリ・ポピンズは黒い馬で、マッチ売りは灰色の馬に。すると、音楽がまたはじまって、まわりはじめました。ふたりは、はるかに遠いヤーマス港まで乗っていき、帰ってきました。ヤーマス港は、ふたりとも、いちばんいきたかったところでしたから。

帰ってくると、もうそろそろ暗くなりかけていて、給仕人が待ちかまえていました。

「おそれいりますが、おふたかた」と、給仕人はていねいに言いました。「七時にはしめますので。規則でございまして。出口にご案内いたしましょうか？」

ふたりがうなずくと、給仕人はナフキンをふりながら、ふたりの前に立って、林をぬけて歩きはじめました。

「こんどの絵はすばらしかったわ、バート」と、メアリ・ポピンズは、マッチ売りの腕に手をかけ、マントにくるまりながら言いました。

「うん、全力をつくしてかいたよ、メアリ」

と、マッチ売りは、謙遜して、言いました。しかし、われながら上出来だ、という喜びに満ちている様子が、ありありとあらわれていました。

ちょうどそのとき、前を歩いていた給仕人が、立ちどまりました。そばに、チョークの太い線でかいたような、大きな白い戸口がありました。

「さあ、お出口です」

と、給仕人が言いました。

「では、さようなら。お世話さまでした」と、メアリ・ポピンズは言って、給仕人と握手しました。

「ごきげんよろしゅう。奥さま」

と、給仕人は言って、頭が膝にぶつかるほど、深くお辞儀をしました。

それから、つぎにマッチ売りに向かって、頭をさげました。マッチ売りは、首を横にちょっとかたむけ、給仕人のほうへ片目をつぶってみせました。これが、マッチ売りのさよならのしかたでした。それから、メアリ・ポピンズは、白い戸口に足を踏み入れました。マッチ売りもつづきました。

歩いていくにつれて、メアリ・ポピンズの帽子からは羽根がぬけ落ち、レイヨンのマントは肩から消え、ダイヤモンドは靴からとれていきました。マッチ売りの派手な服は色があせてきて、麦わら帽子は、もとのぼろ帽子に変わりました。メアリ・ポピンズはふりかえって、マッチ売りを見ました。そうして、どうなったのか、すぐにわかりました。歩道に立って、メアリ・ポピンズは、ほんとうに一分間、ずうっとマッチ売りを見つめていました。それから、給仕人はどうしたかと、うしろの林のほうに、目を走らせました。給仕人はどこにも見えませんでした。絵のなかには、だれもいませんでした。なにひとつ動くものは、ありません。メリー・ゴー・ラウンドさえ、姿を消していました。ただ、ひっそりとした木立ちと芝生、そして、波の寄せないひとかけらの海が残っているだけでした。

しかし、メアリ・ポピンズと、マッチ売りは顔を見あわせて、ほほえみかわしました。ふたりはほんとうに知っていました。木立ちの向こうにはなにがあるかを……そうなのです。

メアリ・ポピンズが、外出日を終わって、帰ってくると、ジェインとマイケルが駆け足でむかえました。

「どこへいってきたの?」と、ふたりは聞きました。

「おとぎの国です」と、メアリ・ポピンズは言いました。

「シンデレラに会った?」と、ジェインが言いました。

「え? シンデレラ? およしなさい」と、メアリ・ポピンズは、ばかにしたように言いました。

「シンデレラなんて、まさか」

「じゃ、ロビンソン・クルーソーは?」と、マイケルが聞きました。

「ロビンソン・クルーソー? いいかげんな」と、メアリ・ポピンズは、不機嫌に言いました。

「それじゃあ、どうして、おとぎの国へいったなんて言うの? ぼ、ぼくたちのおとぎの国にいったんじゃないや、きっと」

メアリ・ポピンズは、あきれはてたというように、フンと鼻を鳴らしました。

「知らないんですか?」と、あわれむように言いました。

「だれだって、自分だけが知っているおとぎの国があるっていうのに?」

それから、もう一度フンと鼻を鳴らすと、白い手袋をぬぎ、こうもり傘をしまいに、二階にあがっていきました。

三　笑いガス

「おじさま、ほんとにいるかしら、おうちに？」

と、ジェインが言いました。三人がバスを降りたときでした。ジェインとマイケルとメアリ・ポピンズと。

「うかがいますけど――、わたくしのおじが、ひとをお茶に呼んでおきながら、自分は外出する、とでもおっしゃるんですか？」と、メアリ・ポピンズは言いました。ジェインの質問で、すっかり気を悪くしたのが、ありありとわかりました。メアリ・ポピンズは、銀色のボタンのついた青い洋服を着て、それによく似合う青い帽子をかぶっていました。そして、この青い洋服と青い帽子を身につけている日は、注意しないと、メアリ・ポピンズがすぐに気を悪くしてしまう日でした。

　三人は、いっしょに、メアリ・ポピンズのおじさんのウィッグさんを訪ねようとしているところでした。そして、ジェインとマイケルは、ほんとうに長いこと、この訪問を楽しみにしていましたので、いってみたらウィッグさんは留守だった、なんていうことになりはしないかと、心配でたまりませんでした。

「どうしておじさまは、ウィッグ（「かつら」という意味）さんていうの？　かつらかぶっているの？」

と、マイケルは大急ぎでメアリ・ポピンズについて歩きながら、聞きました。

「ウィッグさんという名前だから、ウィッグさんというのです。かつらなんて、かぶってはいません。ぜんぶ禿《は》げています」と、メアリ・ポピンズは言いました。

「これ以上なにか聞いたら、すぐ家へもどりますよ」

それから、いつもの気分をそこねたときのように、フフンと鼻を鳴らしました。

ジェインとマイケルは、顔を見合わせて、眉をしかめました。それは、こういう合図でした。「もう、なんにも聞くのはよそう。じゃないと、連れてってもらえないから」

メアリ・ポピンズは、角の煙草屋《たばこ》で、帽子をまっすぐになおしました。そこの窓ガラスは、自分がひとつではなく三つ映る、例の変わった窓ガラスでした。ですから、長いことそれを見ていると、映っているのは自分ではなくて、だれかよその人がいっぱいいるのだ、と思えてくるのでした。でも、メアリ・ポピンズは、自分の姿が三つも、それぞれ銀ボタン付きの青い洋服を着て、それにあわせて帽子をかぶって、映っているのを見て、満足の溜息をもらしました。実にすばらしいながめだ、と思いました。できることなら、一ダースでも、いいえ、三十でも、映ったらいいのに、と思ったくらいでした。たくさん映れば映るほど、いいというわけでした。

「さ、いきましょう」

と、メアリ・ポピンズはきびしい声で言いました。まるで自分が子どもたちに待たされたような調子でした。

それから、三人は角を曲がって、ロバートソン通り三番地の家の、ベルのひもをひっぱりました。ベルの音が遠くのほうからかすかに聞こえてきました。それで、もう一分か二分もすれば、ジェインとマイケルは、メアリ・ポピンズのおじさん、つまりウィッグさんと、生まれてはじめてお茶の時間をすごすことになるのです。

「もちろん、いたら、だけど」とジェインがマイケルに小声で言いました。

ちょうどそのとき、ドアがぱっとあくと、やせて、たよりなげな女の人が出てきました。

「いる?」と、マイケルが急いで聞きました。

「すみませんけど」と、メアリ・ポピンズは、こわい目でマイケルをちらと見てから、

「話は、わたくしにさせていただきます」と、言いました。

「はじめまして、ウィッグのおばさま」と、ジェインがていねいに言いました。

「ウィッグのおばさま、ですって!」

と、そのほっそりした女の人は、そのからだより、もっとほっそりした声で、言いました。

「なんでまた、わたしのことを、ウィッグのおばさまなんて、とんでもない! わたしはただのミス・パーシモンですよ。ええ、そうおっしゃっていただかないと……。それを、まったく、ウィッグのおばさま、だなんて!」

パーシモンさんは、すっかりとり乱している様子でした。子どもたちは、パーシモンさんが、そんなにウィッグさんの奥さんに、なりたくないのなら、ウィッグさんは、よっぽど変な人にちがいない、と思いました。

「まっすぐあがって、踊り場の真ん前の部屋です」

と、パーシモンさんは言って、急いで廊下に消えていきました。まだ、「ほんとに、ウィッグのおばさま、だなんて!」と、かん高くて、細々とした、おこった声でつぶやきながら。

ジェインとマイケルは、メアリ・ポピンズについて、二階へあがりました。メアリ・ポピンズは、扉をノックしました。

「おはいり！　おはいり！　よくきた」

と、大きなうきうきした声がなかから聞こえました。ジェインの胸は、興奮で、ドッキドッキしてきました。

「いるわよ」と、マイケルに目で合図しました。

メアリ・ポピンズは、扉をあけ、子どもたちを前に押しやりました。そこは、大きな、楽しそうな部屋でした。かたすみに、暖炉が赤々と燃え、まんなかに、すごく大きなテーブルがあって、その上にお茶の用意がしてありました。——四人前のお茶碗《ちゃわん》とお皿、バタ付きパンがひと山、ふわふわした菓子パン、ヤシの実入りケーキ、それからモモ色のお砂糖のころもがついた乾しブドウ入りのお菓子。

「やあ、これはこれは、ようこそ」

と、とても大きな声が、三人をむかえました。ジェインとマイケルは、あたりを見まわして、声の主をさがしました。どこにも見あたりません。部屋は、まったくだれもいないようでした。そのとき、メアリ・ポピンズが、機嫌をそこねた声で、言いました。

「まあ、アルバートおじさん。またはじまったんですか？　きょうはお誕生日じゃあないでしょ？」

そう言いながら、メアリ・ポピンズは天井を見あげました。ジェインもマイケルも上を見あげました。そして、びっくりしてしまいました。まんまるに太った、頭の禿《は》げた男の人が、なんにもつかまらずに、空中に浮かんでいました。ほんとに、その人は空気にすわっているみたいでした。ちゃんと足を組んでいましたし、三人が入ってくるまで読んでいた新聞を、ちょうど脇に置いたところでしたから。

「これは、メアリ」と、ウィッグさんは、子どもたちをにこにこ見おろしながら、メアリ・ポピンズのほ

うをすまなさそうに見て、言いました。

「まずいことに、どうやら誕生日らしいよ、きょうは――」

「チッ、チッ、チッ」と、メアリ・ポピンズは舌打ちをしました。

「ゆうべになって、やっと思いだしたんだよ。だけど、そのときはもう、別の日にくるようにって、葉書を出しても、間にあわないしね。いやもう、こまったことになった」

と、ウィッグさんは言って、ジェインとマイケルのほうを見ました。そして、「ふたりとも、だいぶびっくりしているね」と、言いました。

ほんとにふたりはもう、すっかりたまげてしまって、ウィッグさんがもう少し小さかったら、落っこちてしまいそうなくらい、大きな大きな口をあけて、見あげていました。

「どうも、説明をしたほうがよさそうだな」

と、ウィッグさんは、落ち着いて、言葉をつづけました。

「実は、こういうわけなんだ。わたしは、陽気なたちでね、なにかといえば、すぐ笑いだしちまうんだ。どんなにいろいろなことでわたしがおかしくなってくるか、ふたりとも、わからんだろうが、だいたいなにを見ても、わたしは笑いたくなるんだよ。実際」

そう言ったかと思うと、ウィッグさんは、自分がそんなに陽気なたちだということがおかしくて、からだを上下にゆすって、笑いはじめました。

「アルバートおじさん！」

と、メアリ・ポピンズが言いました。ウィッグさんは、ぴたっと、笑うのをやめました。

「やあ、ごめん、メアリ。さて、どこまで話したかな？　うむ、そうそう。それでね、おかしなことにわたしは――わかってるよ、メアリ。がまんできりゃあ、笑わないよ。――誕生日が金曜日とかちあったとなると、さあ、それこそもうお手上げさ。このとおり、あがったり、なんだ」と、ウィッグさんは言いました。

「でも、なぜ――？」と、ジェインが口をきりました。

「でも、どうして――？」と、マイケルも言いだしました。

「うん、いいかい、その特別な日に笑うと、わたしのからだは笑いガスでいっぱいになってしまう。だから、もうどうしても地面に立っていられなくなってしまうんだよ。ちょっと、にこっとしたら、もうこうなってしまうんだ。なにかひとつでもおかしいぞと思うと、もう風船玉みたいにあがってしまうんだ。そして、なにかうんとまじめなことを考えつくまでは、下へもどってこられないんだよ」

ウィッグさんは、そう言ったかと思うと、また自分の言葉がおかしくて、クックッと笑いはじめましたが、メアリ・ポピンズの顔を見ると、笑うのをやめて、話をつづけました。

「どうも、始末が悪いがね。でも、悪い気はしないね。ふたりとも、こんなめにあったことないだろ？」

ジェインとマイケルは、首をふりました。

「うん、そうだろうと思ったよ。これはわたしだけの特別の習慣らしいんだ。いつだったか、ある晩に、サーカスを見てきてから、あんまり笑ったものだから――いや、ほんとなんだ――わたしはたっぷり十二時間もここへあがったきり、とうとう真夜中の十二時の時計が鳴り終わるまで、おりてこられなかったんだ。ボーンと鳴ったら、ドサリと落っこちたけど、もう土曜日で、わたしの誕生日じゃなくなったからだろう。変な話だろ？　まったく奇妙じゃないか？

さて、きょうがまた、金曜でわたしの誕生日、そこへきみたちとメアリとがたずねてきた。おお、神さま、どうか笑わずにすみますように」

ウィッグさんは、ジェインやマイケルが、びっくりしたまま見つめているだけで、そのほかべつにおかしなことをしていないのに、また大声で笑いだしました。そして、笑いながら、空中をはねまわりました。手には新聞がガサガサ音をたてるし、眼鏡は鼻の頭まできて、いまにもずり落ちそうでした。

ウィッグさんのかっこうは、まったく滑稽でした。まるで大きな人間製のあぶくみたいに、手足をもがいて、天井につかまったかと思うと、こんどは通りすがりにガス燈の柄《え》にしがみついたりするので、ジェインとマイケルは、一生懸命礼儀正しくしようとしていましたが、もうとても、我慢できなくなってしまいました。とうとう、ふたりは笑いだしてしまったのです。そうして、もうとめられませんでした。ふたりは、笑いがからだのなかから噴き出さないように、口をかたくしめておいたのですが、ききめはありませんでした。そして、そのうちに、キイキイ、キャアキャア、とめどもなく笑って、床の上をころげまわりました。

「ほんとに、まあ」と、メアリ・ポピンズが言いました。

「まったく、なんてお行儀でしょう！」

「がまんできないんだもの。がまんできないんだもの」

と、マイケルは、暖炉の囲いのそばにころげ込みながら、キイキイ声で言いました。

「めちゃくちゃにおかしいよ。ねえ、ジェイン、おかしいってば、ねえ？」

ジェインは、返事をしませんでした。なにか、奇妙なことがジェインにおこりかけているのでした。

笑っているうちに、まるでポンプで、空気をからだじゅうにつめこまれていくみたいに、どんどん軽くなるような感じがしてきました。それは、不思議な、でもひどく楽しい感じでしたので、もっともっと、笑いたくなるのでした。すると、急に、ひょいと、からだがはずんだかと思うと、ジェインは、自分が空中に飛びあがっていくのがわかりました。マイケルは、ジェインが部屋のなかを舞いあがっていくのを見て、あきれてしまいました。コンと軽く天井に頭をぶつけてから、ジェインは、はずみながら、ウィッグさんのところまで、すすんでいきました。

「あれ、あれ、」と、ウィッグさんは、ほんとうにびっくりした様子で、言いました。「まさか、あんたも誕生日だというんじゃあるまいね？」

ジェインは首をふりました。

「ちがう？　それなら、この笑いガスは伝染するにちがいない。いよう――おっと、暖炉に気をつけろ！」

これは、マイケルに言ったのです。マイケルは、突然床から飛びあがったかと思うと、大声で笑いながら、さあっと空中を滑走して、暖炉のところを通るとき、せとものの置物すれすれにかすめたところでした。そして、ふわっとひとつはずんで、ウィッグさんの膝の上に無事に着陸しました。

「ごきげんよう」と言って、ウィッグさんは、力をこめて、マイケルと握手しました。

「これこそ友だちというもんだ。いや、そうだとも。わたしのほうからは、どうしてもきみたちのところへおりていけないとわかったら、わたしのところまであがってきてくれる、なんて――ねえ？」

そうして、ウィッグさんとマイケルは顔を見あわせ、ふたりとも、あおむいて、ただもう笑いくずれました。

「あ、これはいかん」と、ウィッグさんは、笑い涙をふきながら、ジェインに言いました。「わたしのことを、さぞ不作法者だと思うだろう。立たせっぱなしにしとくなんてね。すわってもらわなくちゃならんのに――。あんたのようなかわいいお嬢さんを、ね。どうも、こんな上のほうでは椅子をすすめることもできないんだが、ひとつ空気にすわってみたまえ、きっとすわり心地がいいんじゃないかと思うが」

ジェインはすわってみました。すると、うまく空気にすわれるということがわかりました。ジェインは帽子をとって、そばに置きました。すると、帽子は、支えるものはなにもないのに、ちゃんと空中に浮かんでいました。

「さ、これでよし」

と、ウィッグさんは言いました。それから、向きをかえて、メアリ・ポピンズのほうを見おろしました。

「さて、メアリ。これで落ち着いたよ。やっと、あんたにもあいさつができるわけだ。まず、あんたとこのかわいい友だちをきょうここにむかえることを、わたしは心から喜んでいる、――おや、メアリ、渋い顔をしているが――どうも――その――万事この調子では――いけなかったかな」

ウィッグさんは、ジェインとマイケルのほうを手でさして、急いでつけたしました。

「あやまるよ、メアリ。わたしのほうの事情はご覧のとおりだ。それに、言っておくが、このふたりのかわいい友だちに、まさか笑いガスが伝染するなんて、夢にも思わなかったんだ。ほんとだよ、メアリ。別の日に呼べばよかったかな？　それとも、そう、なにかむりやりに悲しいことでも考えれば――」

「もちろん」と、メアリ・ポピンズは、しかつめらしく、言いました。

「こんなありさまは、生まれてこのかた、わたくしは見たことがありません。それに、あなた、そのご年配で――」

「メアリ・ポピンズ、メアリ・ポピンズ、ねえ、あがってきてよ！」と、マイケルが口をはさみました。

「なにかおかしいことを考えて！　簡単なんだから」

「そうだ、あがってきなさい、メアリ」と、ウィッグさんは、さとすように言いました。

「あなたがいないと、上にいても寂しいのよ」

と、ジェインは言って、メアリ・ポピンズのほうに両手をのばしました。

「なにかおかしなことを考えてよ、ねえ」

「いや、そんな必要はないんだ。メアリには」と、ウィッグさんは、溜息をついて言いました。

「メアリは、あがってきたければ、べつに笑わなくたってあがってこられるんだよ。――自分でもそれを知っているのさ」

　そう言って、ウィッグさんは、下の暖炉の前の敷物のところに立っているメアリ・ポピンズのほうを、わけありげな眼差しで、そっと見やりました。

「では」と、メアリ・ポピンズが言いました。

「なにもかもばかげたみっともないことですけれど、とにかく、三人とも上にあがったきり、おりてこられそうもないんですから、わたしがあがっていったほうがいいようですね」

ジェインとマイケルはびっくりしました。メアリ・ポピンズは、こう言って、両手を脇におろしたまま、ぜんぜん笑わず、にこりともせずに、すうっと空中をのぼってきて、ジェインのそばにすわったのです。

「いったい、なんべん言ったらわかるんですか」と、メアリ・ポピンズは、ぶっきらぼうに言いました。

「あたたかい部屋に入ったら、コートをおとりなさい」

そう言って、ジェインのコートをぬがせて、空中に浮いている帽子のそばに、きちんと置きました。

「これでよし、メアリ、これでよし」

と、ウィッグさんは、満足そうに言って、からだをかがめて、眼鏡を暖炉の上に置きました。

「さて、これで四人ともみんな落ち着いた――」

「なにもかも、けっこうですこと」

と、メアリ・ポピンズは言って、からかうように、フン、と鼻を鳴らしました。

「さて、お茶にできる」と、ウィッグさんは、メアリ・ポピンズの言葉は聞こえなかったように言葉をつづけました。ところが、急に、ウィッグさんは、これはたいへん、という顔つきになりました。

「なんてことだ！」と、ウィッグさんは言いました。

「こりゃこまった、これじゃ！　いまやっと気がついたが――テーブルは下で、わたしたちは上だ。いったいどういうことになるんだ、わたしらはこちら、テーブルはあちら。なんという悲劇だ。――なんという！しかしまた、おそろしく滑稽な話じゃないか！」

そう言って、ウィッグさんは、ハンケチに顔をうずめて、大声で笑いくずれました。ジェインもマイケルも、お菓子や菓子パンを食べそこなうのはいやでしたが、ウィッグさんのおかしさがのり移って、どうしても我慢できなくて、笑いだしてしまいました。

ウィッグさんは、涙をふきました。

「方法は、ひとつしかない」と、ウィッグさんは言いました。「みんななにかまじめなことを考えなければならない。なにか悲しい、ひじょうに悲しいことだ。そうすれば、下へおりられる。さあ——いち、に、さん！そうとう悲しいことだぞ！」

みんな、顎《あご》に手をあてて、考えぬきました。

マイケルは、学校のことを思い浮かべました。いつか、学校にいかねばならないということを。でも、今日は、学校のことを考えてみても、なんだか滑稽に思えて、また笑いだしてしまいました。

ジェインは考えてみました。

「あたしもう十四大きくなると、大人になってしまう」

でも、この気持ちは、ちっとも悲しくなくて、とても楽しくって、おかしくなるほどでした。自分が大人になって、長いスカートをはき、ハンドバッグを持っているかっこうを想像したジェインは、おもわず、にっこりとしてしまいました。

「エミリーおばさんは、かわいそうな人だったなあ」と、ウィッグさんは、思いだしながら大声で話しました。「おばさんは、バスにひかれちゃった。悲しいことだ。まったく悲しい。たとえようもなく悲しい。かわいそうなエミリーおばさん。だけど、おばさんのこうもり傘は助かったんだ。おかしくなってくるじゃないか、こいつは」

ウィッグさんは、自分がいまなんの話をしているのかも忘れて、エミリーおばさんのこうもり傘のことがおかしくて、ふうふうあえぐように身をふるわせて、噴き出してしまいました。

「だめだ」と、ウィッグさんは言って、鼻をかみました。

「あきらめた。それに、わたしのかわいい友だちも、悲しくなるほうは、得意じゃないらしい。メアリ、なんとかできないかね？　お茶にしたいんだが――」

いまになっても、そのときいったいなにがおこったのか、ジェインとマイケルには、はっきりしないのです。たしかにおぼえているのは、ウィッグさんがメアリ・ポピンズに頼むと、すぐ、下にあったテーブルが、立ったまま、ゆれ動きはじめたということです。やがてテーブルは、あぶなっかしげにかたむくと、茶碗《ちゃわん》の音をカチャカチャいわせたり、お皿のケーキをテーブル掛けの上にすべり落としたりしながら、部屋のなかを舞いあがってきて、ゆらりと上品にひとまわりすると、主人のウィッグさんを正面に、みんなの前にぐあいよくとまりました。

「いい子だ！」と、ウィッグさんは得意そうな面持ちで、メアリ・ポピンズにほほえみかけました。

「あんたなら、うまくやってくれると思ってた。さ、メアリ、向こうにすわって、お茶を入れてくれないか。それから、お客さんふたりは、わたしの両側だ。そうしよう」

それで、マイケルは空中をはねていって、ウィッグさんの右にすわりました。ジェインはウィッグさんの左にすわりました。さて、これでみんないっしょに空中にすわり、テーブルはみんなのまんなかにありました。バタ付きパンひとつ、お砂糖ひとかけらさえ、下に忘れてきたものはありませんでした。ウィッグさんは、満足そうに、にっこりとしました。

「さて、こんな場合、バタ付きパンからはじめるわけだが」と、ジェインとマイケルに向かって言いました。「きょうはわたしの誕生日だから、ひとつ別の順序で――このほうが正しいとかねがね思っているんだが――つまり、お菓子からいこう!」

そう言うとウィッグさんは、この日のお菓子を大きく切って、みんなにひと切れずつわけました。

「お茶をもう一杯、どう?」

と、ウィッグさんは、ジェインに聞きました。ところが、ジェインが答える前に、コンコンコン、といそがしく扉をノックする音が聞こえました。

「お入り」

と、ウィッグさんが声をかけました。

扉があくと、パーシモンさんが立っていて、湯沸かしをお盆にのせていました。

「あの、ウィッグさん」と、パーシモンさんは、部屋のなかをさぐるように見まわしながら、言いました。「きっと、みなさんはもっとお湯がほしいと――まあ、あきれた! ほんとに、こんなことって!」

パーシモンさんは、空中でテーブルを囲んでいるみんなを見て、言いました。

「こんなありさま、わたし、見たことございません。生まれてこのかた、こんなことは、いっさい――。

ウィッグさん、ほんとにあなたが少し変な方だってことは、ちょいちょい感じていたんです。でも、いままで見ないふりをしてきたんです。――部屋代をきちんきちんといただいてるんですから。でもこれはいったい――空中でお客さまとお茶をあがる、なんて――ウィッグさん、まことにあなたにはあきれました。お人柄を疑いたくなります。それに、物事をわきまえた年配の方が――まったく、わたしなどには、もう――」

「だけど、パーシモンさん、あなただってこうなるよ、きっと」

と、マイケルが言いました。

「こうなるって、どうなるんです？」

と、パーシモンさんは、とりすまして言いました。

「笑いガスが移っちゃうんだ、ぼくたちみたいに」

と、マイケルが言いました。パーシモンさんは、人をばかにしたように、頭をぐっとそらせました。

「お小さい方」と、パーシモンさんは言いかえしました。

「わたしは、自分がだいじですからね。バットでたたいたゴムマリみたいに、空中をはねまわりたいとは思いませんよ。この足でしゃんと立っているつもりです。おかげさまで。でなければ、わたしの名前は、もう、エイミー・パーシモンじゃありません、それに――あれ、まあ、これはまあ、どうしましょう、まあ――歩けない、わたしは、なぜ、おお、助けて、助けて！」

パーシモンさんは、いやだと思っても、床から浮かびあがってしまい、よろめきながら漂いはじめました。まるでほっそりした樽《たる》のように右や左にかたむいて、手でお盆をひっくりかえさないようにおさえながら。

やっとテーブルのところにたどりついて、湯沸かしを置いたときには、ほとんど、苦しみのために、泣きだしそうでした。

「ご親切に」と、メアリ・ポピンズは、静かに、丁重に言いました。それから、パーシモンさんは、向きをかえて、またゆれながら、ふわふわとおりていきました。なにかぶつぶつ言いながら。

「なんて不作法な、はずかしいことを、わたしのような礼儀を心得た、まじめな女が。お医者にみてもらわなければ」

床に足がつくと、パーシモンさんは、両手をもみあわせながら、大急ぎで、部屋を出ていきました。ふりむきもしないで。

「なんという、体裁の悪い」

扉をしめるとき、うめくようにこう言っている声が、聞こえました。

「あの人の名前は、もうエイミー・パーシモンじゃないわよ。だって、自分の足で立っていなかったんですもの！」と、ジェインはマイケルにささやきました。

しかし、ウィッグさんは、メアリ・ポピンズのほうを見つめていました。——半分おもしろがっているような、半分責めるような、不思議な目つきで。

「おやおや、メアリ、いけないね、あんなことをしては、気の毒に、あの年ではもう、この不始末は忘れられないだろう。だが、なんともはや、あの空中のよたよた歩きはおかしかったじゃないか——いやはや、悪いけど、あのかっこうときたら！」

そこで、ウィッグさんとジェインとマイケルは、パーシモンさんのかっこうを思いだして、また噴き出し、お互いにつかまったり、空中をころげまわったりして、苦しいほど笑いました。

「ああ、もうだめ」と、マイケルが言いました。「もう笑わせないで。たまんない。ぼく、破裂しちゃう！」

「ああ、ああ、ああ！」

と、ジェインは心臓をおさえ、あえぐように叫びました。

「おお、情深い神よ、なんとかしてください！」

と、ウィッグさんはわめきました。そして、ハンケチが見つからないので、上着の裾《すそ》で目をおさえました。

「さ、帰る時間です」

メアリ・ポピンズの声が、嵐のような笑い声の上を、トランペットのように、ひびき渡りました。

すると、あっという間に、ジェインとマイケルとウィッグさんは、すばやく下に落ちました。三人は、一度に、ドシンと床につきました。もう家に帰らなければならないこと、それは、この日の午後はじめて感じた悲しい気持ちでした。そして、この気持ちが心に浮かんだとき、笑いガスは、からだから、すうっとぬけてしまったのです。

ジェインとマイケルは、メアリ・ポピンズが、ジェインのコートと帽子を持って、静かに空中をおりてくるのを見ながら、溜息をつきました。ウィッグさんも、溜息をつきました。大きく、長く、深い、溜息でした。

「うーむ、残念だなあ」と、ウィッグさんは、夢がさめたように言いました。「きみたちが、もう帰らなきゃならんとは、なんとも寂しい、いままでこんな楽しい午後は一度もなかった――。きみたちはどう？」

「一度も」と、マイケルは悲しそうに言いました。笑いガスがぬけて、下へおりてくるなんて、とてもつまらないことだ、としみじみ感じながら。

「こんなことなかったわ、一度もなかったわ」と、ジェインは、背伸びをして、ウィッグさんのしなびたリンゴのようなほっぺたにキスしながら、言いました。

「なかったわ、一度も、一度も、……！」

子どもたちは、メアリ・ポピンズの両側にすわって、帰りのバスに乗っていました。ふたりともおとなしく、すばらしかったきょうの午後のことを考えていました。しばらくして、マイケルが、眠そうな声で、メアリ・ポピンズに聞きました。

「おじさん、何回あんなふうになるの？」

「どんなふうに、ですか？」と、メアリ・ポピンズは、きつい声で言いました。

「あの——ほら、あんなふうに、ポーンと飛んだり、笑ったり、空中に浮かんだりすること、さ」

「空中に浮かぶ？」

メアリ・ポピンズの声はかん高くなり、もうおこっていました。

「どういう意味です。——うかがいますけど——空中に浮かぶって？」

ジェインが説明しようとしました。

「マイケルが聞いたのは——おじさまは、よく笑いガスでいっぱいになって、天井をころげまわったり、はねまわったり、つまり――」

「ころげまわったり、はねまわったり、ですって？　なんてことを！　天井をころげまわったり、はねまわったり、なんて！　はずかしいと思わないんですか、そんなことを考えついて？」

メアリ・ポピンズは、まちがいなく、気を悪くしたようでした。

「だって、したもん」と、マイケルが言いました。「ぼくたち、見たもの」

「なにを、です？　ころげたり、はねたり？　冗談じゃありません、言っておきますが、わたくしのおじはまじめな、正直な、勤勉な人です。ですから、おじのことでしたら、ちゃんとした人として、話していただきます。それから、バスの切符はかまないでください。ころげてはねて、なんて――つまらないことを！」

マイケルとジェインは、メアリ・ポピンズの両側から、お互いに目で合図したまま、だまっていました。たとえ、変だと思っても、メアリ・ポピンズとは議論しないほうがいい、ということを知っていましたから。

でも、ふたりは目で話しました。

「ほんとなの、それとも、ちがうの？　ウィッグさんのことさ。メアリ・ポピンズのほうがほんと？」

でも、だれにも答えはわかりませんでした。

バスは、ブルブルと音をたてて、激しくゆれながら、走っていました。メアリ・ポピンズは、ふたりにはさまれて、むっつりとだまりこんでいました。やがて、ふたりともすっかり疲れが出てきて、だんだんメアリ・ポピンズのほうに身を寄せ、両方から寄りかかって、眠りこんでしまいました。まだ、なぜかしら？と考えながら……。

四　お隣りの犬のアンドルー

お隣りには、ラークおばさんが住んでいました。

まず、いろいろとお話する前に、お隣りがどんなふうな家かを、言っておかなければなりません。そこは、非常に大きい、桜並木通り一の、けたはずれに大きな家でした。ブーム提督でさえ、自分の家には、普通の煙突ではなくて、船の煙突がついていて、庭には旗竿《はたざお》が立っているというのに、それでも、ラークおばさんのすばらしい家をうらやましがっていることは、みんなのうわさになっていました。

いままでに何度、この桜並木通りの人は聞いたでしょう。ラークおばさんのお屋敷の前を車で通りすぎるとき、提督がはきだすように言うのを。

「不愉快なこった！　いったいどうする気なんだ、こんなとてつもない家に住んで」

なぜ、このブーム提督がこんなにうらやましがるかと言えば、ラークおばさんの家には、門が二つあるからなのでした。ひとつは、ラークおばさんの友だちや親類の人の通る門、もうひとつは、肉屋やパン屋や牛乳屋さんのための門でした。一度、パン屋さんが、まちがえて、友だちと親類用の門から入ったことがありましたが、ラークおばさんはすごくおこって、もうけっして、パンは買わない、と言いました。

でも、結局は、ラークおばさんは、パン屋さんを許してあげなければなりませんでした。あの、先のほうがくるくると巻いてある小さな平たいロール・パンを作っているのは、この辺ではそのパン屋さんだけでしたから。といっても、それからずっと、そのパン屋さんをひいきにしているわけにもいかず、パン屋さんのほうでも、くるときは、だれかほかの人とまちがえてくれるように、帽子を目が隠れるほど深くかぶって入ってきました。でもラークおばさんは、ちっともまちがえてはくれませんでした。

ジェインとマイケルには、ラークおばさんが、いま庭にいる、いま通りを歩いてくる、ということが、いつでもわかりました。なぜかというと、ラークおばさんは、こぼれるほどのブローチや首飾りやイヤリングをつけていましたので、まるで、楽隊のように、ガシャガシャ音をたてていたからです。そして、ジェインとマイケルに会うと、いつでも、かならず、同じことを言いました。

「おはよう！（もしお昼を食べたあとなら、『こんにちは！』）それはともかく、きょうのご気分は？」

すると、ジェインとマイケルは、ラークおばさんが、こっちのことをたずねているのか、それとも、自分とアンドルーのことを言っているのか、いつでもよくわかりませんでした。

そこで、ふたりは、「こんにちは」とだけ、答えました。（お昼を食べる前なら、もちろん「おはようございます」ですけど）

まる一日じゅう、ジェインとマイケルがどこにいても、ラークおばさんの大袈裟《おおげさ》な呼び声を聞かないことはありませんでした。たとえば、「アンドルー、どこにいるんです？」とか、「アンドルー、外套《がいとう》を着ないで外へ出てはいけませんよ！」とか、「アンドルー、お母さまのところへおいでなさい」とか。

知らない人なら、みんなアンドルーというのは、小さな男の子だと、思ったでしょう。

実際、ジェインは、ラークおばさんはアンドルーを小さな男の子だと思っているのだ、と信じていました。

でも、アンドルーはそうではありません。アンドルーは、犬でした。あの、小さくて、絹のような毛のふわふわした、ほえるまでは、まるで毛皮の襟巻《えりまき》なのかとまちがえる犬の仲間でした。でも、むろん、ほえれば犬ということがわかります。毛皮の襟巻《えりまき》は、けっしてそんな声をだしませんから。

さて、アンドルーの生活は、まったくぜいたくなもので、さてはペルシアの大王の、お忍びの姿ではないかと思われるほどでした。

寝るときは、ラークおばさんの部屋の絹のクッションの上でしたし、週に二回は、毛を洗いに自動車で床屋へいきました。

食事のたびに、クリームをもらいましたし、ときにはカキを食べることもありました。それから、いろんな色のチェックや縞《しま》の外套《がいとう》を、四枚ももっていました。たいていの人なら、誕生日だけにするようなことで、アンドルーの普段の生活は、いっぱいでした。それにアンドルーのほんとの誕生日には、お菓子に立てるろうそくは、一年分が、一本ではなく、二本ずつならぶのでした。

こんなことのおかげで、アンドルーは、この辺いったいの嫌われものになっていました。

アンドルーが、いちばんいい外套《がいとう》を着て、毛皮の膝掛けをかけ、ラークおばさんの車のうしろにおさまって、床屋へいくときは、いつでもみんな、心の底から、アハハ、と笑いました。そして、ラークおばさんが、アンドルーに小さな革の長靴を買ってやって、雨降りの日でも、公園に出かけられるようにしてやったときは、桜並木通りの人はみんな、門のところに出て、アンドルーが通るのをながめ、口に手をあてて、クックッと、笑いました。

「へー！」と、マイケルは言いました。ある日、ふたりが、十七番地とお隣りとの間の垣根《かきね》越しに、アンドルーのことを見ていたときでした。

「へー！　あいつ、トントンチキだ！」

「どうしてわかるの？」と、ジェインがおもしろくなって、聞きました。

「だって、お父さまが、今朝あいつのことをそう言ったもの」

と、マイケルは言って、アンドルーのことを、うんと笑いました。

「アンドルーは、トントンチキではありません。いいですね」と、メアリ・ポピンズは言いました。

そして、メアリ・ポピンズの言うとおりでした。アンドルーは、とんまではありませんでした。みなさんにも、すぐ、それはわかるでしょう。

アンドルーが、ラークおばさんを尊敬していなかった、などと考えてはいけません。アンドルーは、ラークおばさんを尊敬していました。また、多少好きだった、と言えるでしょう。子犬のころからずうっとかわいがってくれた人を、いくらキスをされすぎたからといって、いやな気持ちをもつなんていうことは、アンドルーにはできませんでした。が、また、アンドルーが、もう気が狂いそうに、いまの生活にあきあきしていたことも、たしかなことでした。

もし、いつも食べているニワトリの焼肉やアスパラガス入りのオムレツのかわりに、生の赤肉のおいしそうなものをひと切れ、だれかにもらえたら、きっと、自分の財産の半分を投げだしたかもしれません。

それは、アンドルーが、心の奥底ではひそかに、あたりまえの犬になりたい、という強い願いをもっていたからです。

自分の血統表（それはラークおばさんの家の応接間の壁にかかっていましたが）のそばを通るとき、いつも、はずかしくて身ぶるいしました。そして、ラークおばさんがその血統表のことでうるさく自慢話をはじめるときには、お父さんも、おじいさんも、ひいじいさんも、いっそなんにもなければよかったのに、と何度思ったかしれません。

このように、普通の犬でありたい、とアンドルーは思っていましたから、友だちを選ぶときはいつも、普通の犬でした。

それで、チャンスがあればいつでも、アンドルーは、門のところまで走り出て、そこにすわって、友だち犬がくるのを心待ちにしていました。すると、二つ、三つのちょっとした話を、仲間とかわすことができました。でも、ラークおばさんに見つかったら最後で、かならず大声で呼びもどされました。

「アンドルー、アンドルー、いい子だから、入っておいで！　そんないやらしい野良犬といっしょにいるんじゃありません！」

そうなれば、もちろん、アンドルーは家に入らないわけにはいきません。でないと、ラークおばさんが出てきて、抱いてつれていかれる、というようなはずかしいめにあわなければなりませんから。そこで、アンドルーは、顔をぽっと赤らめて、急いで家のなかにかけこみます。そして、ラークおばさんに、わたしのだいじな坊や、とか、わたしのかわいい子、とか、わたしのちっちゃなお砂糖さん、などと呼ばれるのを、友だちに聞かれないようにするのです。

アンドルーが特に親しくしていた友だちは、あたりまえの犬どころではありませんでした。この犬は、近所の物笑いの種でした。エアデールとレトリーバーが半々の雑種でしたが、両方の悪いところばかりもらっていました。通りでけんかがあれば、いつもかならず、そのまんなかにいましたし、なにかというと、郵便屋さんや、お巡りさんと、ごたごたをおこしました。いちばん好きなことといえば、どぶやごみ箱をかぎまわることでした。まったく、町じゅうの話の種で、家の犬じゃなくてよかった、と、うれしそうに言った人も、ひとりやふたりではありませんでした。

でも、アンドルーは、その犬が好きでした。そして、いつも気をくばっていました。ときどき、公園で、鼻の頭をかぎあうことがあるくらいの程度でしたが、それでも、運がいいときには——めったにないことでしたが——門のところで長話をすることもありました。この友だちから、アンドルーは、町のうわさ話を残らず聞くことができました。また、その友だちが話をするときの、がさつな笑いかたを見ると、どうやら、そう上品な話ではなさそうでした。

そんなとき、ラークおばさんの呼ぶ声が窓から聞こえてきました。そうすると、友だちの犬は、むっくりおきあがり、ラークおばさんのほうに舌をだらりと出し、アンドルーに目でさよならをして、ぶらりぶらりとどこかへいってしまいます。おれはべつに気にしてないぜ、というように、お尻のあたりをゆらしながら。

アンドルーは、もちろん、ラークおばさんといっしょに公園に散歩にいくときか、それとも女中さんに連れられて、マニキュアをしにいくときでなければ、けっして門の外へ出してもらえませんでした。

そんなわけですから、公園で、アンドルーが付添いなしにひとりでいるのを見たとき、ジェインとマイケルはどんなに驚いたことでしょう。耳をうしろにねかせ、尻尾をぴんと立て、まるでトラを追跡しているみたいに、すごい勢いで、みんなのそばを走りぬけていったのですから。

メアリ・ポピンズは、乳母車《うばぐるま》をぐいっと引き寄せました。アンドルーがあまりがむしゃらに走ってきたので、双子もろともひっくりかえされないかと思ったのでした。そして、ジェインとマイケルは、追い越していくアンドルーに、声をはりあげました。

「おや、アンドルー！　外套《がいとう》はどうしたの？」

と、マイケルはラークおばさんの真似をして、かん高いうわずった声で叫びました。

「アンドルー、まあ、しようのない坊や！」

と、ジェインも叫びましたが、さすがに女の子で、ずっとラークおばさんの声に似かよってました。

でも、アンドルーは、ジェインやマイケルのほうを、へん、といった調子でちらと見ただけで、メアリ・ポピンズのほうを向いて、あわただしくほえました。

「ワ、ワン！」と、アンドルーは、ひどく早口に、何度もほえました。

「さあ。たぶん、はじめの角を右へ曲がって、左手の二軒目の家だと思ったけど」

と、メアリ・ポピンズが言いました。

「いいえ——庭はありませんよ。裏庭があるだけ。門は、いつもあいていています」

アンドルーは、またほえました。

「よくは知りませんけど」と、メアリ・ポピンズは言いました。「どうせそうでしょう。お茶の時間にはたいてい家に帰ります」

アンドルーは、くるっと向きを変えると、また走りだしました。

ジェインとマイケルは、びっくりして、目をまんまるくしました。まばたきもしませんでした。

「アンドルーは、なんて言ったの？」と、ふたりは息を切らせて、口をそろえて、聞きました。

「ただのあいさつですよ！」

と、メアリ・ポピンズは言って、それ以上なにも言うつもりはない、とでもいうように、かたく口をむすびました。ジョンとバーバラが、乳母車《うばぐるま》のなかで、ワウワと、言いました。

「そうじゃないよ！」と、マイケルが言いました。

「そんなはずないわよ！」と、ジェインも言いました。

「なるほど、なんでもごぞんじでしたね、もちろん。いつものことですけどね」

と、メアリ・ポピンズは、ばかにしたように言いました。

「だれかの住んでるところを聞いたんだ。アンドルーは。そうに決まってるよ、きっと――」

と、マイケルがしゃべりはじめました。

「あら、知ってるなら、なにもわたしに聞くことないでしょう？」と、メアリ・ポピンズは、軽く息をのみこんでから、言いました。「わたしは辞書じゃないんですから」

「だめよ、マイケル」と、ジェインが言いました。「そんな言いかたをしたら、ぜったいに教えてくれないわ。

ねえ、メアリ・ポピンズ、教えて。アンドルーはなんて言ってたの？　お願い、ねえ」

「マイケルにお聞きなさい。知ってる人ですから――ねえ、物知り博士！」

と、メアリ・ポピンズは、マイケルのほうに顎《あご》をしゃくって、言いました。

「ちがう。ぼく知らないよ。知らないんだったら。ねえ、メアリ・ポピンズ、教えてったら」

「三時半です。お茶の時間」

と、メアリ・ポピンズは言いました。そして、乳母車《うばぐるま》をぐるっとまわしました。それから、扉をしめたみたいに、またぴたっと口をとじてしまいました。家へ帰る途中ずっと、ひとこともものを言いませんでした。

ジェインとマイケルは、遅れてついていきました。

「あなたがいけないのよ！」と、ジェインは言いました。

「もう、ぜったいにわからないわ」

「かまうもんか！」と、マイケルは言いながら、スクーターをやたらに走らせはじめました。「知りたくないっと」

でも、マイケルは、ほんとうは、知りたくてたまらなかったのです。そして、結局、マイケルもジェインもほかの人も、みんなお茶の時間がくる前に、すっかりわかってしまうことになりました。

ちょうど、家の前の道を渡ろうとしているときでした。お隣りから大きな叫び声が聞こえましたので、見ると、奇妙な光景がみんなの目に入りました。ラークおばさんの家のふたりの女中さんが、庭じゅうをすごい勢いで走りまわって、茂みの下をさがしたり、木の上を見あげたり、いちばんだいじなものをなくした人たちがやるようなことをしていました。それに、十七番地の家からも、ロバートソン・アイがきていて、まるで、なくなった宝物を小石の下から、見つけだそうとしているみたいに、ラークおばさんの家の庭の砂利《じゃり》を、箒《ほうき》でつつきまわしているのです。いそがしそうに、時間のむだづかいをしていました。ラークおばさん自身は、庭をかけまわり、腕をふりまわし、叫びつづけていました。

「アンドルー、アンドルー！　おお、アンドルーがいなくなった！　わたしのだいじな坊やがいなくなった！　警察を呼ばなくちゃ！　総理大臣に会わなくちゃ、アンドルーがいない！　どうしよう！　どうしよう！」

「まあ、ラークおばさんは、かわいそうに！」と、ジェインは言って、急いで道を渡りました。ラークおばさんがあんまり取り乱しているので、すっかり気の毒になってしまいました。

でも、ラークおばさんをほんとになぐさめてあげたのは、マイケルでした。

ちょうど十七番地の門を入ろうとしたとき、マイケルは通りの先を見やりましたが――そこには――、

「あれ、アンドルーがいるよ、ラークおばさん。ほら、あっちに――いま、ブーム提督んとこの角を曲がって！」

「どこ、どこですって？　教えて！」

と、ラークおばさんは息を切らせて言うと、マイケルの指さしているほうをすかして見ました。

すると、そのとおり、アンドルーは、いました。至極のんびりとゆったりと、歩いていました。べつにどこといって変わったことはない、という様子で。それから、アンドルーとならんで、一匹の大きな犬が、タッタッタ、と歩いていましたが、どうやら、例の半分エアデール、半分レトリーバーで、両方の悪いところだけもらった犬でした。

「ああ、助かった！」と、ラークおばさんは言って、大きな溜息をつきました。「安心した、ほんとに！」

アンドルーとその友だちは、落ち着きはらって、静かにみんなのほうにすすんできました。耳をぴんと立て、尻尾のふりかたも気取った様子で。それに、アンドルーの目の色を見れば、なにを考えているにせよ、本気でこうしているのだ、ということがわかりました。

「また、あのいやらしい犬！」と、ラークおばさんは、アンドルーの連れを見て、言いました。そして、「しっ！　しっ！　お帰り！」と、大声で言いました。

しかし、その犬はきちんと道にすわりこんで、左足で右の耳をかいて、それからあくびをしました。

「あっちへおいき！　家へお帰り！　しいってば」

と、ラークおばさんはおこって、犬のほうに腕をふりかざして、言いました。

「それから、あんたはね、アンドルー」と、ラークおばさんは、つづけました。「さっさとお入り、そんなかっこうで外出するなんて――たったひとりで、外套《がいとう》も着ないで。嫌いですよ、そんな子は！」

アンドルーは、面倒臭そうに、ワン、と言いました。でも、動こうとはしません。

「どういうつもり、アンドルー、ええ？　さあ、すぐお入りなさい！」と、ラークおばさんは言いました。

アンドルーは、また、ほえました。

「アンドルーは、こう言ってるんです」と、メアリ・ポピンズが口をはさみました。「入りません、って」

ラークおばさんはふりむいて、見下すように、メアリ・ポピンズを見すえました。

「うかがいますけど、わたしの犬の言うことが、あなたにおわかり？　もちろん、入りますとも？」

けれども、アンドルーは、ただ頭をふっただけで、ひと声ふた声、低くうなりました。

「入らないそうですが」と、メアリ・ポピンズは言いました。「友だちもいっしょじゃなければ、いやだそうです」

「ばかばかしい」と、ラークおばさんは、気分をそこねて言いました。「そんなこと、言うはずはありません。あんな、大きな、ぶかっこうな雑種の犬を、家に入れるなんて」

アンドルーは、ワ、ワ、ワ、ワンと三、四度、激しくほえました。

「それをのぞんでいる、と言ってます」と、メアリ・ポピンズは言いました。「そればかりか、友だちもここでいっしょに暮らすのがいけなければ、自分が友だちのところへいって、いっしょに暮らす、と言ってます」

「まあ、アンドルー、まさか――まさか、ほんとに――なにからなにまで、こんなにしてやっているのに！」

ラークおばさんは、ちょっとのあいだ、ハンケチに顔をうずめて、すすり泣きましたが、それから、シュン、と鼻をかんで、言いました。

「じゃ、けっこうよ、アンドルー。負けました。この――この、並の犬も、いることにして、もちろん、地下の石炭置き場で寝るならば、です」

アンドルーが、またほえました。

「それではだめだ、と言っております。友だちも、自分とおなじように絹のクッションで、奥さまの部屋で寝かせてもらいたいそうです。じゃなければ、自分も石炭置き場へいって、友だちといっしょに寝るそうです」と、メアリ・ポピンズが言いました。

「まさか、アンドルー？」と、ラークおばさんは、嘆くように、言いました。「そんなことは、ぜったいに聞き入れませんよ」

アンドルーは、では出ていくとするか、という様子を見せました。友だちの犬も真似をしました。

「おお、いってしまう！」と、ラークおばさんは金切り声をあげました。「じゃ、しようがない、アンドルー。あんたの言うとおりにしましょう。その犬も、わたしの部屋に寝かせることにします。でも、わたしはもうけっして、いままでのようにはしてあげませんよ。ええ、ぜったいにしませんから。ぜったいに。こんな、そこらの犬なんか！」

ラークおばさんは、あふれる涙をぬぐいつづけました。

「アンドルー、こんなめにあうなんて、思ってもみませんでした。でも、もうなにも言いません。で、この――ああ――この動物――の名前ですけど、宿無しウェイフとか、野良犬ストレイとか、そんな名で呼ぶことに――」

この言葉に、友だち犬はひどくむっとした様子で、ラークおばさんのことをにらみました。また、アンドルーは、かん高くほえました。

「ウィロビーという名で呼ぶように、ほかのではだめだそうです」と、メアリ・ポピンズが言いました。「ウィロビーという名前なんだそうですから」

「ウィロビーですって？　たいした名！　なんて世の中でしょう」と、ラークおばさんは、絶望したように言いました。「おや、こんどはなんて言ってるんです？」

アンドルーが、またほえたからです。

「こう言っています。家にもどっても、もうこれからは、けっして外套《がいとう》を着せないでほしい。床屋にもつれていかないでほしい。これで、言いたいことは、おしまい、だそうです」

と、メアリ・ポピンズは言いました。

「そうですか」とうとうラークおばさんは言いました。

「でも、言っておきますが、アンドルー、風邪《かぜ》をひいて死んでもわたしのせいじゃありませんからね！」

そう言うと、ラークおばさんは、向きをかえて、むやみに胸をはり、最後の涙を、スン、とすすって、入口の段をのぼっていきました。

アンドルーは、ウィロビーに向かって、「さあ、いくか！」とでもいうように、首をふってみせました。そして、尻尾を旗のようにふりながら、二匹は仲良くならんで、ゆったりと庭をすすみ、ラークおばさんのうしろについて、家のなかへ入りました。

「アンドルーは、やっぱり、トントンチキじゃなかったわ、ねえ」と、ジェインは、おやつを食べに子ども部屋にあがっていくとき、マイケルに言いました。

「うん」と、マイケルも賛成しました。「だけど、メアリ・ポピンズは、どうしてわかったんだろ？」

「知らないわ」と、ジェインは言いました。「それに、聞いたって、ぜったいに教えてくれないだろうし……」

五　悪い火曜日

それからいくらも日がたたないころのことでした。

ある朝、マイケルが目をさますと、変な気分がしました。目をあけたときから、マイケルは、なにか変だな、とわかっていたのですが、なにが変なのか、あまりはっきりしませんでした。

「きょうは何曜日、メアリ・ポピンズ？」と、マイケルは、かけていた毛布をずらしながら、聞きました。

「火曜日です」と、メアリ・ポピンズは言いました。

「おきて、お風呂のお湯を出しておいでなさい。早く！」

と、マイケルがちっともおきようとしませんので、せきたてました。マイケルは、寝返りをうち、毛布を頭の上までひっぱりあげましたが、変な気分は、ますます強くなってきました。

「さ、わたしがいま、なんて言いました？」と、メアリ・ポピンズは、冷たくとおる声で言いました。それは、いつもの、なにかこまったことのおこる前ぶれでした。

いまこそ、マイケルは、自分になにがおころうとしているのか、わかりました。よくない子どもになりそうだ、ということです。

「いやだ」と、マイケルは、ゆっくり言いましたが、その声は、毛布にふたされて、よく聞こえませんでした。

メアリ・ポピンズは、毛布をひったくって、上から見おろしました。

「い・や・だ」

マイケルは、今度はどうするかしらと、待っていました。ところが、メアリ・ポピンズは、なんにも言わないで、さっさとお風呂場へいって、自分でお湯の栓をひねったので、びっくりしてしまいました。マイケルは、タオルをとって、メアリ・ポピンズとすれちがいに、ゆっくりとお風呂場に入りました。そして、生まれてはじめて、たったひとりで、お湯をつかいました。それで、マイケルは、自分がいい子だと思われていないんだ、ということがわかりました。それで、わざと、耳のうしろを洗わないでおきました。

「お湯を流しとく?」と、マイケルは、できるだけ、乱暴な声で、聞きました。

返事はありませんでした。

「へ、どうでもいいや!」と、マイケルは言いました。からだのなかの、いやあな、重苦しいものが、ふくらんできて、だんだん大きくなってきました。

「かまうもんか、いいやい!」

それから、マイケルは洋服を着ました。わざと日曜日にしか着ないことになっていたいちばんいい洋服を着ました。着てしまうと、下へおりていきました。手すりの柵を足でけりながら――これはほかの人をみんなおこしてしまうから、いけない、と言われていたのです。階段の途中で、女中のエレンがあがってくるのに、会いました。そして、すれちがうとき、エレンの手から、お湯の入った水差しを、はたき落としました。

「おやおや、ぶきっちょマイケルさん」と、エレンは、こぼれた水を、かがんでふきとりながら、言いました。

「お父さまの、ひげ剃《そ》りのお湯なんですよ」

「わざと、さ」と、マイケルは、落ち着きはらって言いました。

「わざと、ですって？　わざと――あら、それじゃ、あなたは、すごいひねくれぼうずね。お母さまに言いますよ。お母さまに――」

「かまわないよ」と、マイケルは言いました。そして、階段をおりていきました。

さて、それがはじまりでした。あとは、その日一日じゅう、ろくなことはありませんでした。からだのなかの、いやな、重苦しい気分が、マイケルに、いちばん悪いことばっかりさせるのでした。そして、それをしてみると、やけに楽しくって、うれしくって、すぐまた、つぎのを考えだしました。

台所で、料理番のブリルばあやが、パン菓子を作っていました。

「いけません。マイケルぼっちゃん」と、ブリルばあやは言いました。「鉢《はち》をかきまわしてはいけません。まだ入ってるんですよ」

そう言われると、マイケルは、足で、ブリルばあやのむこうずねを、いやというほどけとばしました。ブリルばあやは、のし棒を落として、大きな金切り声をあげました。

「ブリルばあやをけったんですって？　このやさしいブリルばあやを！　どうしてこう、はずかしいことを」と、マイケルのお母さまは、すぐ、ブリルばあやから、一部始終を聞いて、マイケルに言いました。

「すぐに、あやまるのよ、マイケル！　悪かった、とおっしゃい」

「だって、ぼく、悪かったと思わないもん。よかったと思ってらあ。足が太すぎるもん」

と、マイケルは言って、それから、つかまらないうちに、もう、勝手口の階段をかけあがって、庭へ逃げてしまいました。

そこで、今度は、ロバートソン・アイにわざとぶつかりました。ロバートソン・アイは、岩に生えたいちばん上等な植物の上で、ぐっすり寝ているところでしたが、ひどくおこりました。

「父さんに言うぞ！」と、ロバートソン・アイは、こわい顔をして、言いました。

「そんなら、いいよ。今朝、靴をみがかなかったって、言いつけるから」

と、マイケルは言って、それから、ちょっと自分の言葉に、驚きました。ジェインと同じように、自分も、ロバートソン・アイが大好きで、いつまでも家にいてほしいと、ふたりでかばうくらいでしたから。

しかし、驚いたといっても、ちょっとの間でした。すぐにもう、今度はなにをしてやろうか、と考えはじめ、たちまち名案が浮かびました。

垣根《かきね》の間から見ると、お隣りのラークおばさんのところのアンドルーが、分別臭く、芝生をかぎまわっては、いちばんおいしそうな草をさがしているのが、目に入りました。マイケルは、小さい声でアンドルーを呼んで、ポケットからビスケットを出してやると、アンドルーがそれをむしゃむしゃ食べているあいだに、尻尾をひもで、垣根《かきね》にゆわえつけてしまいました。それから、逃げました、ラークおばさんの、怒り狂った金切り声に、追いまくられて。あの、からだのなかの、重苦しいかたまりは、いまにも、ふくれあがって破裂しそうでした。

お父さまの書斎の扉があいていました――ちょうど、エレンが、本にはたきをかけ終わったところでした。そこで、マイケルは、いけないと言われていたことを、やりました。部屋に入って、お父さまの机の前にすわると、お父さまのペンで、吸取り紙の上に、いたずら書きをはじめました。突然、インク瓶《びん》が、肘《ひじ》にあたって、ひっくりかえりました。そして、椅子も机も羽根ペンも、それにマイケルのいちばん上等の洋服も、青インクの染みがいっぱいにひろがって、すっかり汚れてしまいました。それは、まったくひどいありさまでした。そして、マイケルは、どんなめにあうかと思うと、恐ろしさでドキドキしてきました。

それでも、かまうものかと思いました――悪いことをした、なんて、ちっとも思いませんでした。

「あの子は、きっと、どこか悪いのよ」と、お母さまは言いました。このほやほやの出来事を、エレンから聞いたのです。――エレンは、すぐに部屋にもどってきて、この出来事を見つけたのです。

「マイケル、イチジク・シロップのお薬をあげましょう」

「どこも悪かないよ、お母さまよりちゃんとしてるよ」と、マイケルは、乱暴な口調で言いました。

「それなら、いけない子、って言うよりほかないわね」と、お母さまは言いました。「じゃ、おしおきをします」

そして、言われたとおり五分後には、マイケルは、子ども部屋のかたすみで、汚れた洋服を着たまま、壁に向かって立たされていました。

ジェインは、メアリ・ポピンズが見ていないときに、マイケルに話しかけてみましたが、マイケルは、答えようとしないで、ジェインにあかんべえをしました。ジョンとバーバラが、床をはってきて、マイケルの靴をふたりで片いっぽうずつつかまえて、口のなかでもぐもぐ言ったときも、マイケルは、荒っぽくふたりを押しのけただけでした。

そして、マイケルは、そのあいだも自分のしでかしたことを、喜んでいました。まるで友だちみたいに、いたずらを自分の胸にだいじにしまって、どうにでもなれ、と思いました。

「いい子、なんて、いやだ」と、マイケルは、メアリ・ポピンズやジェインや乳母車《うばぐるま》のあとについて、のろくさと、午後の散歩に公園にいく道で、声を出して、ひとりごとを言いました。

「ぐずぐずしないで」と、メアリ・ポピンズは、ふりかえって、言いました。

でも、マイケルは、ぐずぐずと、靴の横を歩道にこすりつけて、わざと革がいたむようにして、歩いていきました。

突然、メアリ・ポピンズは、ふりむいて、片手で乳母車《うばぐるま》の柄《え》を持ったまま、マイケルに向き合いました。

そして、「今朝」と、言いだしました。

「あなたは、ベッドの悪いほうの端《はじ》からおきたんです」

「ちがうよ」と、マイケルは言いました。

「ぼくのベッドには、悪いほうなんてないもの」

「どんなベッドにも、みんな、いいほうの端《はじ》と、悪いほうの端《はじ》があります」

と、メアリ・ポピンズは、きっぱりと、言いました。

「ぼくのにはないよ。――壁際だもん」

「それでも、おなじことです。やっぱり、端《はじ》は端《はじ》です」

と、メアリ・ポピンズは、ばかにしたように、言いました。

「じゃあ、悪いほうは左側なの、それとも、右側なの？　ぼくは、右側からおきたんだよ。右はいいほうなんだから、悪いわけないよ」

「今朝は、どっちも悪いほうだったんです、物知り博士！」

「だって、片側しかないんだよ、だから、いいほうしかないんだってば」

「もう一度言ってごらんなさい――」

と、メアリ・ポピンズは、あらたまりました。

それがまた、とくにこわい声でしたので、さすがのマイケルも、ちょっとびくつきました。

そうしたらどうするのか、メアリ・ポピンズは、言いませんでした。が、マイケルは、足を速めました。

「ひとことでも言えば、そうしたら、わたしは――」

「しっかりして、マイケル」と、ジェインが、小声で言いました。

「うるさいよ」と、マイケルは言いましたが、メアリ・ポピンズに聞こえないように、小声でした。

「では、マイケル先生」と、メアリ・ポピンズが言いました。

「お先を歩いてください。――わたしの前を、どうぞ。もう、うしろで、うろうろするのは、よしていただきましょう。前を歩いてください」

メアリ・ポピンズは、マイケルを、自分の前に、押し出しました。「それから」と、言葉をつづけて、「ちょっと向こうに、なにかきらきら光るものが落ちてます。いって、拾ってきてください。だれか、冠を落としたんですよ、きっと」

マイケルは気がすすみませんでしたが、いやと言う勇気もありませんでしたので、言われたほうを見ました。なるほど――なにか光るものが道に落ちていました。遠くから見たところでは、なにかとてもおもしろそうなものに見えましたし、きらきらする光が、マイケルを呼んでいるような感じでした。

マイケルは、ちょっとえらそうな歩きかたで、すすんでいきました。できるだけのろのろ歩いて、なにが落ちていたって、べつに見たくもないんだ、というふうに。

そこまでくると、マイケルは、しゃがんで、その光っているものを拾いました。それは小さな、まるい、箱みたいなもので、上にガラスがついており、そこには、矢印が書いてありました。なかは、いっぱい字が書いてあるらしいまるい板で、箱を動かすと、板は静かにゆれました。

ジェインが、走り寄って、マイケルの肩越しに、のぞきこみました。

「なあに、それ、マイケル？」

と、ジェインは聞きました。

「教えてやらないよ」

と、マイケルは言いましたが、ほんとうは、自分でも、なんだかわからないのでした。

「メアリ・ポピンズ、これ、なんなの？」

と、ジェインは、乳母車《うばぐるま》がそばまできたとき、聞きました。メアリ・ポピンズは、マイケルの手から、その小さな箱をとりあげました。

「ぼくんだよ」

と、マイケルは、反抗しました。

「いいえ、わたしのです」と、メアリ・ポピンズは言いました。「わたしがはじめに見つけたのです」

「でも、ぼくが拾ったんだ」

マイケルは、メアリ・ポピンズの手から、箱をとろうとしました。でも、メアリ・ポピンズに、とてもこわい目でにらまれましたので、マイケルは、出した手をひっこめました。

メアリ・ポピンズは、そのまるいものを、縦、横、とかたむけました。そうすると、箱のなかの、字を書いたまるい板が、日の光を浴びて、くるくると、めまぐるしく、まわりました。

「それ、なにするものなの？」

と、ジェインが聞きました。

「これで、世界をまわるんです」

と、メアリ・ポピンズが言いました。

「へええ、だ！」と、マイケルは言いました。

「世界をまわるのは、船か、飛行機に乗るんだよ。ぼく、ちゃんと知ってるから。こんな箱みたいなものじゃ、世界をまわれっこないよ」

「おや、そうまわれっこないですか？」

と、メアリ・ポピンズは言って、わたしのほうが知ってます、といった、不思議な表情を顔に浮かべて、言いました。

「さ、見ていてください！」

そして、磁石を持ったまま、公園の入口のほうを向いて、「北！」と、ひとこと言いました。

N
W
E
S
S

文字盤は、めまぐるしくゆれて、矢印のまわりをまわりました。突然、空気がひどく寒くなったような感じで、氷のような風が、冷たく吹きつけてきましたので、ジェインとマイケルは、おもわず目をつぶりました。そして、目をあけると、公園は、影も形もなく、消え失せていました。一本の木もなければ、緑色にぬったベンチも、アスファルトの歩道も、なんにもありません。みんなを取り囲んでいるのは、公園ではなく、大きな青い氷のかたまりの群れと、足もとの、大地に分厚く積った、白い雪でした。

「まあ！」

と、ジェインは叫びました。寒いのと、驚いたので、からだじゅうをふるわせながら。そして、乳母車《うばぐるま》のところへとんでいって、双子を毛布でくるみました。

「いったい、どうなったんでしょう？」

メアリ・ポピンズは、意味ありげな目つきで、マイケルを見ました。そして、ジェインに返事をする間もなく、ちょうどそのとき、氷のかたまりのひとつに、あいている穴の出口から、エスキモーの男がひとりあらわれました。

白い毛皮の頭巾《ずきん》のなかから、まるい、焦茶色の顔をのぞかせ、肩には、長い白い毛皮の外套《がいとう》を、かぶっていました。

「北極へようこそ、メアリ・ポピンズにお連れのみなさん！」

と、そのエスキモーは、顔いっぱいに歓迎の微笑を浮かべて、言いました。それから、近寄って、あいさつのしるしに、みんなの鼻の頭に、自分の鼻の頭を、順ぐりに、こすりつけました。

やがて、こんどはエスキモーの女の人が、穴から出てきました。エスキモーの赤んぼうを、アザラシの皮のショールにくるんで、抱いていました。

「おや、おや、メアリ。よくきてくれたねえ！」と言って、また、ひとまわりみんなと、鼻をこすりあわせました。それから、「これじゃあ、寒くないかね」と、みんなが薄い服を着ているのを見て、びっくりして、言いました。「毛皮のコートを持ってきてあげるかね。ちょうど、ホッキョクグマを二匹ばかし、皮をはいでいたところだから。それに、あったかいクジラのあぶらのスープをみんなに、ごちそうしようかね」

「ごちそうになってるひまはないんです」

と、メアリ・ポピンズは、急いで返事をしました。「世界一周の途中、ちょっとお寄りしただけなんで、でも、いずれ、また、いろいろとありがとう」

そう言うと、手をちょっと動かして、磁石をまわし、「南！」と、言いました。

今度は、全世界のほうが、磁石のようにまわりはじめ、自分たちがそのまんまんなかにいる、という感じでした。それは、まるで、ぐるぐるまわるメリー・ゴー・ラウンドのまんなかに、特別に乗せてもらったみたいな気分でした。

世界が、みんなのまわりをぐるぐるまわっていくうちに、だんだん、あたたかくなってきました。すると、次第にまわるスピードを落として、とまったときには、みんなはヤシの木の林のそばに立っていました。太陽は、明るく照り輝き、まわりは、見渡すかぎりの金と銀の砂、それは火のように熱く、足の裏は燃えるようでした。

ヤシの木の下に、男の人と女の人がいましたが、ふたりとも全身真っ黒で、ほとんどなにも着ていませんでした。そのかわり、とてもたくさんのビーズを身につけていました。――頭には、羽根で作った大きな冠のすぐ下に、ぐるりとつけて、たらしていましたし、耳にもつけていましたし、一つ二つ、鼻にもつけていました。首のまわりにも、ビーズの輪をかけていましたし、ビーズで編んだ帯を、腰のまわりにしめていました。黒人の女の人の膝には、ちっちゃなコーヒー色の赤ちゃんが、真っ裸ですわっていました。

お母さんが話をはじめると、赤ちゃんは、ジェインたちを見て、にっと笑いました。

「長いこと、いつくるかなあ、と思って、待ってたんだよ、メアリ・ポピンズ」と、黒人のお母さんは、にこにこしながら、言いました。

「さあ、子どもたちを連れて、わたしの家へきてもらうかね。すぐに、スイカでも切るから食べるといい。でも、まあ、なんて白い子どもだろう。黒い靴墨《くつずみ》でも、少しぬってみたらどうかね。さあ、こっち、こっち。よくきたもんだ、ほんとに」

そう言って、うれしそうに声をあげて笑い、立ちあがりました。そして、なにもかもヤシの木でできた、小さな小屋のほうへ、みんなを連れていこうとしました。

ジェインとマイケルは、ついていきかけました。が、メアリ・ポピンズが、ふたりをひきとめました。

「あいにく、ゆっくりするひまがないんです。通りがかりに、ちょっと寄ってみたんで。世界中をまわらなければならないもんですから――」

と、メアリ・ポピンズは、ふたりの黒い人に説明しました。ふたりは、びっくりして、両手を高くさしあげました。

「旅行かね、メアリ・ポピンズ」

と、男の人が、にこにこしながら、言いました。

大きな棍棒《こんぼう》の先で、ほっぺたをこすりながら、ぎらぎら光る黒い目で、メアリ・ポピンズを見つめました。

「世界中かい！　そりゃ、まあ、いそがしくないよりはましだな、そうさ」と、黒い奥さんは言って、また笑いました。まるで、この世の中は、みんな、お笑いぐさのかたまりだ、とでもいうようでした。そして、奥さんが笑っているあいだに、メアリ・ポピンズは磁石を動かして、声も高く、しっかりと言いました。

「東！」

世界は、またまわりはじめ、やがて――胆《きも》をつぶしたジェインとマイケルには、ほんの数秒と思われましたが――ヤシの林はもうなくなって、回転がとまると、奇妙な形のたいへん小さな家が立ちならんだ町の通りに、みんな立っていました。まるで紙で作ったような家で、そりかえった屋根の端には、小さな鈴がさがっていました。鈴はそよ風にゆれて、リンリン、となごやかな音をたてていました。家々の軒《のき》よりも高く、ハタンキョウやスモモの木が、いっぱいに枝をひろげ、燃えるようにあざやかな花が、枝もたわむほどに、咲きこぼれていました。

通りをゆきかう人たちは、めずらしい花の着物を着て、静かに歩いていました。それは、実にほかほかとした、おだやかな光景でした。

「きっと、ここは中国よ」

と、ジェインはマイケルに小声で言いました。

「そうよ、たしかにそうよ！」

と、ジェインはくりかえし言いましたが、そのとき、一軒の紙の家の戸口があいて、ひとりの老人が出てくるのが見えました。その人の服装がまた変わっていました。ぴんとはった金色の着物で、足首にとどく絹のズボンは、裾《すそ》のひだを、金の輪でしぼってありました。靴は、爪先がつんと上を向いた、たいへん気取ったものでした。頭からは長く編んだ灰色の髪の毛が、ちょうど膝のあたりまでさがっていて、長すぎる口ひげが腰のへんまでたれさがっていました。

その年取った気高い人は、メアリ・ポピンズと子どもたちのほうを見て、深く深く頭をさげ、頭は地面につきました。ジェインとマイケルがびっくりしたことは、メアリ・ポピンズも、同じようにお辞儀をしたので、帽子につけたヒナギクが地面にさわったことでした。

「ふたりとも、お作法を忘れたんですか？」

と、メアリ・ポピンズは、変わったかっこうをしたまま、ふたりを下から見あげて、小声でしかりました。そして、その言いかたがとても激しかったので、ふたりとも、お辞儀しなければいけないことが、わかりました。双子も、乳母車《うばぐるま》のふちに額をくっつけて、お辞儀しました。

老人は、おごそかに身をおこすと、口をきりました。

「ポピンズさまご一家にその名も高きメアリさま。あなたさまの恭々《うやうや》しき、御顔《おんかんばせ》の光を、わたくしどもの卑《いや》しき住まいに、そそがせたまえ。願うほどに、また、かしこなるいぶせき食卓へ、これなる旅路の御方々《おんかたがた》を、お連れあれ」

老人はもう一度お辞儀をして、それから、手をあげて自分の家をさしました。

ジェインとマイケルは、いままでに、こんなにめずらしい、きれいな言葉を聞いたことがありませんので、すっかり驚いていました。ところで、もっと驚いたことには、メアリ・ポピンズのほうも、老人に負けないくらい、ものものしい口調で、あいさつをしたのです。

「慈愛深き御方《おんかた》さま」と、メアリ・ポピンズははじめました。「わたくしども、御知遇《おんちぐう》の末に連なる者が、このお心広き、世にもかたじけないお招きを、お受けいたしかねますことは、いかにも心残りでございます。子ヒツジが親に別れ、ひな鳥が巣をはなれるとて、わたくしどもが、あなたさまのまばゆい御前《おんまえ》を、立ち去るほど、心苦しくはありますまい。しかし、貴い輝きをそえる御方《おんかた》、わたくしども、こんにち、世界周遊の途《みち》にありて、貴都訪問も、また、束《つか》の間のことでございます。されば、わたくしども、礼半ばにして、御前《おんまえ》を辞するのこと、お許しのほどを」

その中国の偉い人――ほんとうにそういう人だったのです――は、頭をたれて、もう一度、非常にていねいなお辞儀をはじめようとしました。そのとき、メアリ・ポピンズは、大急ぎで、また磁石を動かしました。

「西！」と、メアリ・ポピンズは、きっぱりとした声で、言いました。

ぐるぐる、世界はまわりました。ジェインとマイケルは、すっかり目をまわしてしまいました。そして、世界がまたとまると、ふたりは、メアリ・ポピンズといっしょに、広々とした松林のなかを、急ぎ足で歩いていました。ゆく先に、木を切り開いた場所があり、大きな焚火《たきび》のまわりに、テントがいくつもはってありました。その赤々した火のまわりに、肌の黒い人の姿が、ちらほらと、見え隠れしていましたが、羽根の飾りを頭につけ、ゆったりした上着を着て、房《ふさ》のついたシカ皮のズボンをはいていました。その人影のなかから、特別大きな人がひとり、ほかの者からはなれて、メアリ・ポピンズと子どもたちのほうへ、急ぎ足で近づいてきました。

「明けの明星、メアリ」と、その人は言いました。

「よくぞみえた！」

そして、メアリ・ポピンズのほうへ身をかがめて、額を、メアリ・ポピンズの額につけました。それから、四人の子どもたちのほうへきて、みんなに同じことをしました。

「わしどものテントでは、あんたらをお待ちもうしてた」

と、その人は、どっしりとした、親しみのこもった声で、言いました。「ちょうど夕食に、トナカイのフライを作っているところでした」

「真昼の太陽の首長《しゅちょう》」と、メアリ・ポピンズが言いました。「ちょっと、お寄りしただけなんです。――ほんとに、まるで、さよならを言うために、きたようなものです。世界をずうっと一周してきて、こちらが、もう最後なんです」

「ほう？　そうでしたかい」と、首長《しゅちょう》は、たいへん興味ありげに、言いました。

「わしも、ひとつ自分でやってみよう、とよく思うが。だが、少しはわしどものところにおられましょうな。ちょっとのあいだでも、この若い人が――と、マイケルのほうを、顎《あご》でしゃくって、「わしの孫の孫の子、『つむじ風』と、かけっくらをやってみるほどのあいだでも！」

首長《しゅちょう》は、手をたたきました。

「ハイーホーヒィ！」

と、首長《しゅちょう》が大声で呼ぶと、テントのほうから、小さなインディアンの男の子が、こちらのほうへ走ってきました。その子は、風のようにマイケルのところへかけより、近づくと、ポンと肩をたたきました。

「さわった！」

と言って、ノウサギのように、走っていきました。

これは、マイケルには、我慢のならないことでした。ぱっととびあがると、あとを追いました。ジェインも、すぐあとにつづきました。三人は、木の間《こま》をぬって走り、大きな松の木のところへきて、まわりを、ぐるぐる、何遍《なんべん》もまわりました。「つむじ風」が先頭で、いつも笑っていて、けっしてつかまりませんでした。ジェインは、疲れて、ぬけました。が、マイケルは、もうすっかりおこってしまって、インディアンの子どもなんかに負けるものかと、歯をくいしばって、キイキイ声をあげて、「つむじ風」のあとを追いかけました。

「つかまえてやる！」

と、マイケルは、もっともっと速くかけようと、死に物狂いになって、叫びました。

「なにごとですか、いったい」

と、メアリ・ポピンズが、きびしく聞きました。

マイケルは、メアリ・ポピンズのほうへふりむくと、突然、その場にとまりました。それから、また、追いかけっこをしようとしました。ところが、びっくりしたことには、「つむじ風」の姿は、どこにも見えません。首長《しゅちょう》もいません。テントも焚火《たきび》もありません。松の木さえ、一本も見あたりません。ただ、公園のベンチと、そして、ジェインと双子とメアリ・ポピンズが、公園のまんなかに立っているだけでした。

「ベンチのまわりを、ぐるぐる、かけずりまわってばかりいて、気がくるったかと思いましたよ！　一日分のいたずらを、ごっそりやったはずです。さ、いきましょう！」

と、メアリ・ポピンズは、言いました。

　マイケルは、すねて、口をとんがらかしました。

「世界中まわって、あっという間にまた帰ってくるなんて――すてきな箱ね、それ！」

と、ジェインは、ぼうっとしながら、言いました。

「ぼくの磁石、返して！」

と、マイケルは、荒っぽく言いました。

「わたしの磁石です。残念ながら」

と、メアリ・ポピンズは言って、磁石をポケットの底にしまってしまいました。

　マイケルは、メアリ・ポピンズを、殺してやるぞ、という顔つきで、にらみましたが、実際、心のなかまで、顔つきと同じでした。でも、マイケルは、ただ肩をすくめただけで、みんなの前をすたすた歩きはじめ、だれにもひとことも口をきこうとしませんでした。

「いつか、きっと、『つむじ風』を負かしてやる」

と、マイケルは、十七番地の門をくぐって、二階へあがりながら、心に誓っていました。

燃えつづける火のようなかたまりは、まだ重苦しく、マイケルの胸につかえていました。磁石に連れられてまわった、あの不思議な旅行のあとでは、それは、ますます、ひどくなったようでした。そして、夕方になると、マイケルのいたずらは、いよいよ、激しくなってきました。メアリ・ポピンズが見ていないすきに、双子をつねって、双子が泣くと、あやすような声を出して、言いました。

「おーや、赤ちゃん、いったい、どうしたの?」

でも、メアリ・ポピンズは、そんなことではだまされませんでした。

「いまに、きっと、なにかあるでしょう!」と、わけがありそうに言いました。しかし、マイケルの胸のなかは、煮えくりかえるようで、メアリ・ポピンズの言うことなど、気にもかけませんでした。ちょっと肩をすくめただけで、今度は、ジェインの髪の毛をひっぱりました。さて、そのあとでは、夕食のテーブルについて、パンをひたした牛乳をひっくりかえしました。

「さあ、そろそろ」と、メアリ・ポピンズは言いました。

「これ以上は許しません。こんな、わざと悪いことをする子は、見たことありません。生まれてからこのかた、いっぺんも。まったくです。さあ、いくんです。すぐベッドに入って、それから、ひとことも、ものを言ってはいけません!」

マイケルは、メアリ・ポピンズの顔が、こんなにこわく見えたことはありませんでした。

それでも、マイケルは、かまうもんかと思いました。

寝室へ入り、服をぬぎました。なに、かまうもんか。悪い子に決まってる。注意してないと、もっと悪くなるぞ。かまやしないさ。みんな、大嫌いだ。気をつけないと、逃げだして、サーカスに入っちゃうぞ。ほい、ボタンがひとつとれた。しーめた——朝、かけるのがひとつへらあ。また、とれた！　このほうがいいんだ。どうなったって、へいちゃらさ。頭なんか、くしゃくしゃのままで、歯もみがかないで、寝てやるんだ——そうさ、お祈りだってするもんか。

マイケルは、ベッドに入ろうとしました。ほんとに、もう片足はベッドのなかでした。そのとき、ひきだしの上に、磁石が置いてあるのが、目に入りました。

静かに静かに、マイケルは、ベッドから足を出し、爪先だって、部屋を横切りました。自分がなにをしようとするのか、もうわかっていました。磁石をとって、それをまわし、世界をまわってこようというのです。そうすれば、もうだれにも見つかりっこない。いい気味、というわけでした。マイケルは、音をたてないように、椅子をもちあげて運び、それを、ひきだしに押しつけました。それから、椅子の上にのって、磁石を手にとりました。

マイケルは、磁石を動かしました。

「北・南・東・西！」

と、マイケルは、大急ぎで、言いました。うまく遠くへいってしまう前に、だれかがやってくるといけない、と思って。

そのとき、椅子のうしろで、物音がしたので、マイケルは驚き、ぎくっとしてふりかえりました。メアリ・

ポピンズがきたと思ったのです。ところが、メアリ・ポピンズではなくて、とても大きな人影が四つ、マイケルめがけて、おどりかかってきたのでした。——エスキモーが槍《やり》を持って、黒人の女の人が、だんなさんの大きな棍棒《こんぼう》を持って、中国の偉い人は、大きなそりかえった刀を、インディアンは、斧《おの》をふりあげて。みんなめいめいの武器を頭の上にふりかざし、部屋の四方から、マイケルめざして、突進してきました。午後に出会ったときの、親しげな、やさしい様子とは、まるで変わって、いまは、みんな、おどかすような、恐ろしい顔に見えました。もう、せまってきます。四人の大きな、すさまじい、怒りに満ちた顔は、ぐんぐん近づいてきます。マイケルには、四人の熱い息が顔にかかるのが感じられました。手にした刃物《はもの》が、ふるえているのが見えました。

うわあっ、と言って、マイケルは、磁石を落としました。

「メアリ・ポピンズ、メアリ・ポピンズ——助けて、助けて！」

マイケルは、キイキイ声で叫ぶと、かたく目をつぶりました。マイケルは、なにかにつつまれているのを、感じました。なにか、ふわふわした、あたたかいものに。

おや、これは、なんなのだろう？　エスキモーの毛皮かしら、中国の偉い人のコートかしら、インディアンのシカ皮の上着かしら、それとも、あの黒い女の人の羽根飾りかしら？　だれにつかまっちまったのだろう？　ああ、いい子になっとけばよかった——いい子にさえ！

「メアリ・ポピンズ！」

ふわ、と空中を運ばれ、もっとやわらかいものにつつまれるのを感じながら、マイケルは、泣き叫びました。

「ああ、メアリ・ポピンズってば、きて！」

「はいはい、わかってます。わたしの耳はちゃんと聞こえます。あたりまえに言ってください。——わめいていただく必要はありません」と、メアリ・ポピンズの、おだやかな声が聞こえました。

マイケルは、目を、片いっぽうあけました。磁石からとびだした、四人の姿は、ぜんぜん見えませんでした。もう片方の目をあけて、確かめました。いません。——ひとりとして、影さえも。マイケルは、おきあがりました。部屋を見まわしました。なんにも、ありませんでした。

それから、自分のまわりのやわらかいものは、いつもの毛布で、いま寝ているやわらかいものは、いつものベッドだということに、気がつきました。そして、なんと、一日じゅうマイケルのからだのなかにこもっていた、あの、重々しい、やけつくようなものは、溶けて、なくなっていました。マイケルは、静かな、うれしい気分を味わっていました。知ってる人に、だれでも、誕生日の贈り物でもしたい気持ちでした。

「いったい——どうしたんだい、これは？」と、マイケルは、いくらか心配そうに、メアリ・ポピンズに聞きました。

「これは、わたしの磁石ですって、言ったはずですね？　どうか、わたしのものに、さわらないでください。たのみますよ」

メアリ・ポピンズの答えは、これだけでした。そして、かがんで磁石を拾いあげると、それをポケットにしまいました。それから、マイケルが床に投げちらかした服を、たたみはじめました。

「ぼく、やりましょうか？」と、マイケルが言いました。

「いえ、けっこう」

メアリ・ポピンズが、隣りの部屋に入っていくのを、マイケルはじっと見ていました。間もなく、メアリ・ポピンズは、もどってきて、なにかあたたかいものを、マイケルの手に渡しました。牛乳の入ったコップでした。マイケルは、少しずつ、すすりました。ひとしずく、ひとしずくを、何度も舌で味わいながら、なるべく時間をかけるようにして、飲みました。メアリ・ポピンズに、できるだけ長く、そばにいてもらうために。

メアリ・ポピンズは、ひとことも言わないで、そばに立って、牛乳が少しずつへっていくのを、見守っていました。マイケルは、ぱりっとした白いエプロンの匂いや、また、いつもメアリ・ポピンズのまわりに漂っている、さわやかなトーストの香りを、かすかにかぎました。でも、いくらがんばってみても、永久にミルクを飲んでいるわけにはいきませんでした。やがて、心残りの溜息をひとつついて、マイケルは、からになったコップを、メアリ・ポピンズに渡し、ベッドのなかに、すべりこみました。ベッドって、こんなに気持ちのいいものとは知らなかった、と思いました。そして、また、なんてあったかいんだろう、なんてうれしいんだろう、生まれてきてほんとによかった、と思いました。

「おかしくない、メアリ・ポピンズ？」と、マイケルは、眠たそうに言いました。

「ぼく、あんなにいけない子だったのに、いま、すごくいい子みたいな感じ」

「そーお！」

と、メアリ・ポピンズは言って、マイケルの毛布をなおし、夕食のあとかたづけをしに、部屋を出ていきました。

六　コリーおばさん

「ソーセージを一キロ。――ブタのいちばんいいところ」と、メアリ・ポピンズが言いました。

「すぐお願いします。急いでますから」

　肉屋さんは、大きな青と白の縞《しま》のエプロンをかけた、太った、ひとなつっこい人でした、それにまた、大きくて、赤ら顔で、その店で売っているソーセージに、どことなく似ていました。肉屋さんは、肉切り台に寄りかかって、メアリ・ポピンズを、うっとりとした目で、見つめました。それから、ジェインとマイケルのほうに、楽しそうに片目をつぶってみせました。

「お急ぎで？」と、肉屋さんは、メアリ・ポピンズに言いました。

「いや、これは残念ですな。ちょっとおしゃべりをしに寄っていただいたっていうわけには、いかないもんですかな。あたしら肉屋というもんは、ちょっとしたおつきあいが好きでしてね。それに、お客さんのような、上品な、感じのいい娘さんとお話するなんてことは、そうざらにあるもんじゃあないし――」

　肉屋さんは、ふいに、口をしめました。メアリ・ポピンズの顔が、目に入ったからです。それは、なんともこわい顔でした。肉屋さんは、店の床にあげぶたがあって、ぱっくり口をあいて自分をのみこんでくれたらいいのに、と思いました。

「ああ、そういえば――」と、いつもよりもっと赤くなって、言いました。

「お急ぎならば、そりゃ、もう。ええ、一キロ、でしたな？　ブタのいちばんいいとこで。へ、ただいま！」

そして、肉屋さんは、店のすみからすみへ、縄のようにかけてある数珠《じゅず》つなぎの長いソーセージを、急いで、ひっぱりおろしました。それを、およそ七十センチメートルくらいの長さに切りとり、ちょっと花輪みたいに、くるりとまきこんで、それから、はじめに白い紙に、それから、茶色の紙に包みました。そして、肉切り台の上を、すっと、押してよこしました。

「さて、おつぎは？」と、肉屋さんは、まだ赤くなったままで、もっといかが、というふうに。

「おつぎは、ありません」と、メアリ・ポピンズは、つっけんどんに言いました。そして、ソーセージを受けとると、さっさと乳母車《うばぐるま》をまわして、押しながら、店を出ていきました。肉屋さんに、これはすっかりご機嫌をそこねたもんだ、とわからせようとする態度でした。でも、メアリ・ポピンズは、出がけに、ちらとウインドウをのぞいて、新しい靴が、どんなふうに映って見えるか、ためしてみました。明るい茶のキッドで、ボタンが二つついていて、それはもう、小憎らしいものでした。

ジェインとマイケルは、メアリ・ポピンズのあとにしたがって、いったい、いつになったら買い物メモが終わりになるんだろう、と思いながら、歩いていました。けれども、メアリ・ポピンズの顔つきを見ると、とても聞くわけにはいきませんでした。

メアリ・ポピンズは、通りをあちこちと見やっては、なにか思案にふけっているようでしたが、突然、心を決めたように、荒々しく言いました。

「魚屋！」

そして、乳母車《うばぐるま》をまわして、肉屋さんの隣りの店に入りました。

「ドーバー・カレイひとつ、ヒラメ五百グラム、クルマエビ半リットル、イセエビ、ひとつ」

と、ひどく早口に言い渡しました。こんな注文のしかたに慣れている人じゃなければ、とても聞きとれそうもない調子でした。

魚屋さんは、肉屋さんとはちがって、背の高いやせた人で、そのやせかたときたら、まるで両側だけあって、その間にはなにもないみたいな人でした。そして、ひどく悲しそうな顔をしているので、ちょっと前まで泣いていたのか、それとも、これからすぐ泣きだすのかと思われるほどでした。これは、魚屋さんには、なにか、人知れぬ悲しいことがあって、その悩みが、子どものころからずうっとつづいているからだ、というのが、ジェインの考えでした。

マイケルは、魚屋さんは子どものころ、お母さんに、パンと水ばかりで育てられたにちがいない、だから、魚屋さんは、どうしてもそのことが忘れられないのだ、と言うのでした。

「ほかになにか?」と、魚屋さんはあきらめきった口調で言いました。もう、買うものはないんでしょう、よくわかってます。とでもいうように、聞こえました。

「きょうはもう、けっこう」と、メアリ・ポピンズが言いました。

魚屋さんは、悲しげに首をふり、そう言われたからといって、驚きもしませんでした。いずれにせよ、ほかになにも買ってくれないということは、とうに承知していました。

もの静かに、溜息をつくと、魚屋さんは、魚の包みをしばり、乳母車《うばぐるま》のなかに、ポトリと入れました。

「いやな天気ですな」と、目をこすりながら、空を見あげて言いました。

「とても、これは、夏がきそうもありませんな。――そうかといって、いままでだって、きそうな感じもありませんでしたが。奥さまも、もはや、お若いほうとは思いませんが」

と、メアリ・ポピンズに向かって、言いました。

「しかし、まあ、だれにしたって」

メアリ・ポピンズは、つん、としました。

「自分の心配でもなさい！」と、腹だたしげに言うと、さっさと戸口に向かいました。乳母車《うばぐるま》を荒っぽく押したので、店のカキの袋にぶっつけてしまいました。

「ひどいこと！」

ジェインとマイケルは、メアリ・ポピンズが、ちら、と靴に目をやって、こう言うのを聞きました。ボタンの二つついた、新しい茶色のキッドの靴をはいているのに、もうお若いほうとは思えない、なんて――ひどいことを！

ふたりが感じとった、メアリ・ポピンズの気持ちは、こういったものでした。

外へ出ると、メアリ・ポピンズは、歩道に立ちどまり、買い物のメモを調べて、買ったものを線で消していきました。マイケルは、まず、片足で立っては、それから、別の片足にかえながら、

「メアリ・ポピンズ、とうとう、家へ帰らないことにしたの？」と、おもしろくなさそうに、言いました。

メアリ・ポピンズはふりかえると、ひどく不機嫌そうな目で、マイケルをにらみました。

「そんなことに」と、簡単に言いました。

「なるかもしれません」

マイケルは、メアリ・ポピンズがメモをたたむのを見ながら、言わなきゃよかった、と思いました。

「帰りたかったら、帰っていいですよ」と、メアリ・ポピンズは、みはなすように、言いました。

「わたしたちは、しょうがクッキーを買いにいきますから」

マイケルは、うつむきました。だまってさえいればよかったのに！　マイケルは、しょうがクッキーが、買い物メモの終わりに書いてあるなんて、知らなかったのです。

「あなたは、あっちです」と、メアリ・ポピンズは、桜並木通りのほうを指さして、つっけんどんに言いました。

「迷い子にならなければ、ね」と、ついでのように、つけたしました。

「いや、いや、メアリ・ポピンズ、たのむから、いや！　本気で言ったんじゃないんだよ。ぼく――やだよ――メアリ・ポピンズ、たのむから――」と、マイケルは、叫びました。

「マイケルもつれてって、ねえ、メアリ・ポピンズ！」と、ジェインが言いました。

「つれてってくれれば、あたし、乳母車《うばぐるま》押すわ」

メアリ・ポピンズは、ふん、と言いました。

「きょうが金曜日じゃなかったら」と、マイケルに向かって、意味ありげに、言いました。

「あなたは、ぴかっとくるまに、家へ帰ってたでしょう。なんていったって、ぴかりだけで！」

メアリ・ポピンズは、ジョンとバーバラを乗せた乳母車《うばぐるま》を押して、歩きだしました。

ジェインとマイケルは、メアリ・ポピンズが、もう気分をなおしているのが、わかりました。そして、ぴかり、っていうのは、なんなのかな、と思いながら、あとをついて歩いていきました。急に、ジェインは、道がちがっているのに気づきました。

「あら、メアリ・ポピンズ、しょうがクッキーって言ったんじゃなかった。――いつも買いにいく、『グリーン・ブラウン・ジョンソンの店』は、こっちじゃ――」

と、ジェインは言いかけて、やめました。メアリ・ポピンズの顔を見たからです。

「わたしが、買い物をしているんですか？　それとも、あなたですか？」と、メアリ・ポピンズは聞きました。

「あなた」と、ジェインは、とても小さな声で答えました。

「おや、そう？　反対かと思いました」と、メアリ・ポピンズは、からかうように、言いました。

メアリ・ポピンズは、乳母車《うばぐるま》を手でちょっとひねりました。乳母車《うばぐるま》は角を曲がって、急に、とまりました。ジェインとマイケルも、そのうしろで、ぶつかりそうになってとまりましたが、いままで見たこともないような、ひどく変わった店の前に、きていました。そこは、たいへん小さな、たいへんみすぼらしい店でした。ショウ・ウインドウのなかには、輪にしてつないだ色紙が、色もさめてぶらさがり、棚の上には、シャーベットを入れる、薄汚れた小さな箱、古くなったカンゾウの根、ひどくしなびた、かたそうな串リンゴなどが、のっていました。ウインドウとウインドウの間に、狭くて、暗い戸口があり、メアリ・ポピンズは、そのなかへ、乳母車《うばぐるま》をすすみ入れました。ジェインとマイケルは、すぐあとにつづきました。

店のなかへ入ると、薄暗くて、上にガラスをはったカウンターが、三方に置いてあることがわかりました。

そして、ガラスの下の箱のなかには、黒っぽい、かわいた、しょうがクッキーが、何列もならんでいて、その平べったい一枚一枚のパンに、それぞれ、金色の星の飾りがついていました。その星の光で、店のなかが、ほのかに明るんでいるように思われました。ジェインとマイケルは、急いで、まわりを見まわし、お店の人ってどんな人かな、と思いました。そのとき、メアリ・ポピンズが、声をあげて人を呼んだので、ドキン、としました。

「ファニイ！　アニイ！　どこにいるの？」

その声は、店の四方の暗い壁からこだまして、ふたりの耳にとびこんでくるように思われました。

やがて、メアリ・ポピンズの呼び声を聞いて、子どもたちが生まれてはじめて見たような、非常に大きな女の人がふたり、カウンターのうしろから立ちあがって、メアリ・ポピンズと握手しました。その大きなふたりの女の人は、カウンター越しにからだを前にかたむけ、からだに負けないほどの大きな声で、「こんちは」と言って、ジェインとマイケルと握手しました。

「はじめまして、お元気ですか、ええと――？」

と、言いかけて、マイケルはやめました。この大きな女の人は、どっちの名前なのか、わからなかったのです。

「ファニイがわたし」と、ひとりのほうが言いました。

「リューマチのほうは、相も変わらずです。聞いてくださって、どうも――」

その人は、ひどく悲しげに、そう言いました。なんだか、こんなていねいなあいさつには慣れてない、という感じでした。

「いいお天気になって――」

と、ジェインは、もうひとりの人に向かって、ていねいにあいさつをはじめました。その姉か妹かわからない人は、すごく大きな手のなかに、一分間も、ジェインの手をとじこめたままでした。

「わたしがアニイです」と、その人は、あわれな声で、ふたりに言いました。「顔かたちより心、なんて言いますけど」

ジェインとマイケルは、この姉妹はふたりとも、話のしかたが、ずいぶん変わっているな、と思いました。でも、そう長くびっくりしたままでいるわけにはいきませんでした。ファニイとアニイが、長い腕を、乳母車《うばぐるま》のほうへつきだしたからです。それぞれ、双子の手をひとつずつとって、まじめくさって、握手をしましたが、双子たちは、すっかり驚いて、泣きだしました。

「さあ、さあ、さあ、さあ！　なにごとだ、なにごとだ?」

店の奥から、かん高くて、細い、ヒイヒイする小さな声が、聞こえてきました。その声を聞くと、ファニイと、アニイの顔は、前からそうだったのに、もっと悲しそうになりました。ふたりは、こわそうに、おどおどしていました。ジェインとマイケルは、なんとなく、このふたりのすごく大きな姉妹が、もっとずっと小さくて、めだたない人になりたがっていることが、わかってきました。

「なんの騒ぎだね、いったい。ええ?」

奇妙な、高い細い声は、近づいてきました。そして、間もなく、ガラスの箱の角をまわって、声の主が姿をあらわしました。その声のように小さくて、かりかりした感じの女の人で、子どもたちは、この世で、こんなに年をとっている人は見たことないと、思いました。薄い小さく束ねた髪や、棒のような足や、しなびてしわだらけの小さな顔を見て――。それなのに、まるで、まだ若い娘のように、軽やかに、はつらつと、みんなのほうへ走り寄ってきました。

「さあ、さあ、さあ。――おや、これは驚いた！　メアリ・ポピンズじゃないかね、こりゃまあ！　バンクスさんとこのジョンとバーバラもいっしょだよ、ね。なんだって――ジェインとマイケルも？　そーお、これはまた、やぶからぼうだったよ！　まったく、こんなにびっくりしたのは、クリストファー・コロンブスがアメリカを見つけてからってもの、ありゃしない――ほんとに！」

おばあさんは、うれしそうに顔をくずして、みんなに近寄り、あいさつしました。脇がのびちぢみする小さくて深いゴム靴のなかで、おばあさんの足は、小刻みに踊りのステップを踏んでいました。おばあさんは、乳母車《うばぐるま》に走り寄って、静かにゆすり、ジョンとバーバラに、細くて、ねじくれた、ごつごつした指を、ひょいひょい曲げて見せたので、とうとう、ふたりとも泣くのをやめて、笑いはじめました。

「さ、これでいい！」と、おばあさんは言って、愉快そうに、ヒイヒイと笑いました。それからすぐ、おばあさんは、たいへん奇妙なことをしました。指を二本折って、ジョンとバーバラに一本ずつやったのです。それに、もっと奇妙なことには、指をとってしまったあとに、新しいのが二本、すぐ生えてきたのです。ジェインとマイケルは、はっきり、見たのです。

「ただのオオムギ飴《あめ》さ、毒にはならないよ」と、おばあさんは、メアリ・ポピンズに言いました。

「コリーおばさんのくださるものが、悪いはずありませんとも」

と、メアリ・ポピンズは、驚くほどうやうやしく、言いました。

「なんだ、ハッカ飴《あめ》ならいいのに」と、マイケルは、ついに言ってしまいました。

「ははあ、そんなこともあるだろうよ」と、コリーおばさんは、いかにも機嫌よく、言いました。

「味がまた、申し分なし。眠れない晩なんか、自分でも、ちょいちょいなめるがね。胃の消化には、もってこい、だし――」

「そのつぎは、なにになる？」

と、ジェインは、コリーおばさんの指を、まじまじと見つめながら、たずねました。

「それがさ」と、コリーおばさんは言いました。

「実は、わからないんだよ。毎日、つぎはなにになるのか、さっぱりわからないんだよ。運にまかせてるのさ、わたしはね、ウイリアム征服王が、イギリスを征服しにいくのはよせ、ってお母さんに言われたとき、そう言って答えたのを聞いたことがあるけどね」

「あなたは、数えられないくらい、お年寄りなんですね」

と、ジェインは、うらやましそうに、溜息をついて、言いました。そして、コリーおばさんのおぼえているようなことを、いつか自分もおぼえられるようになるかしら、と思いました。

コリーおばさんは、髪を小さく束ねた頭をふって、か細く笑いました。

「年をとりすぎ、だって！」と、コリーおばさんは言いました。

「とんでもない。わたしのおばあさんに比べたら、まるでひよっこだ。ま、年寄りといえば、まずこの人のことだね。わたしにしたって、かなり古いところに入るだろう。とにかく、みんなしてこの世をつくりだしたときのことを、思いだすが、そのときは、もう、二十歳《はたち》をとうに越してたからね。いやもう、ひどい騒ぎだったねえ、まったくの話！」

コリーおばさんは、突然、話をやめ、小さな目をしぼめて、子どもたちを見ました。

「いったい、そりゃそうと――わたしは、こうしてしゃべりっぱなし、あんたたちは、ほったらかし、じゃないか！　きっと、あんたがたは、それ――」

コリーおばさんは、メアリ・ポピンズのほうを向きました。メアリ・ポピンズとは、おなじみのようで、親しい口ぶりでした。

「きっと、あんたがた、しょうがクッキーを買いたいんだろう？」

「そうなんです。コリーおばさん」と、メアリ・ポピンズは、ていねいに言いました。

「けっこう。ファニイとアニイが、もうあげたのかい？」

こう言いながら、コリーおばさんは、ジェインとマイケルのほうを見ました。ジェインは、首をふりました。カウンターのうしろから、押し殺したような声が二つ、聞こえてきました。

「いえ、まだ、お母さん」と、ファニイが、たよりなげに言いました。

「あげようとしてたんです。お母さん」と、アニイが、おどおどした小声で言いました。

これを聞いて、コリーおばさんは、せいいっぱいふんぞりかえり、巨人のような娘たちを、恐ろしい目つきでにらみつけました。

それから、静かな、すごみのあるような、こわい声で、言いました。

「あげようとしてた？　へええ！　こりゃまた、おもしろい話だ。では、聞いておくがね、アニイ、わたしのしょうがクッキーをやっちまっていいと、おまえに許したのはだれなんだい？」

「べつに、だれも、お母さん。それに、まだあげたわけじゃなくて、ただ、そう思って――」

「ただそう思って――！　そりゃ、ごていねいに。だけど、なにも思ってもらいたくないね。この店で〝考えなきゃならない〟ことは、みんな、このあたしがやってるんだから！」

と、コリーおばさんは、重々しく、恐ろしい声で、言いました。それから、ケケケケと、調子の狂った声で、笑いだしました。

「あの子をごらん。ちょいと、見てごらん。弱虫の骨なし！　泣きじょうご」

と、ヒイヒイ声でしゃべりながら、すじっぽい指で、アニイを指さしました。

ジェインとマイケルがふりむいて見ると、アニイさんの大きすぎる、悲しそうな顔に、涙がぽろぽろ流れていました。でも、ふたりは、なにも言う気になれませんでした。コリーおばさんは、すごくちっぽけなくせに、見ているふたりのほうが、もっと小さく思われて、ふるえるほどこわいのでした。それでも、コリーおばさんが、よそを向いたとたん、ジェインはアニイに、ハンケチを渡してあげました。ハンケチはものすごい涙の洪水で、びしょ濡れになり、アニイさんは、それをジェインに返す前に、目でお礼を言って、よくしぼってくれました。

「つぎは、ファニイだ。――おまえも、そう思ったというのか？」

かん高い細い声が、こんどは、もうひとりの娘のほうに向けられました。

「いいえ、お母さん」と、ファニイは、ふるえながら、答えました。

「ふん！　同じこった、おまえなら！　あの箱をおあけ！」

　ファニイは、がくがくふるえる指先で、ガラスの箱をあけました。

「さあ、子どもさんたち」

と、コリーおばさんは、まるでちがう声を出して、言いました。にっこり笑って、ひどくやさしく、ジェインとマイケルを招きました。それで、ふたりは、コリーおばさんをこわがったのがはずかしくなり、やっぱり、とてもいい人にちがいない、と思いました。

「さあ、こっちへきて、ほしいのをおとりよ、おちびさんたち。きょうのは特製なんだよ。――わたしがアルフレッド大王にならった作りかたでね。あの王さまは、よくおぼえてるけど、なかなか料理が得意だったよ。もっとも、一回、お菓子をこがしたことがあったがね。で、いくつ、ほしいかい？」

　ジェインとマイケルは、メアリ・ポピンズのほうを見ました。

「四つずつです」と、メアリ・ポピンズは言いました。

「つまり十二。一ダースですね」

「パン屋の一ダースにしようか。十三、おとり」

と、コリーおばさんは、ほがらかに、言いました。そこで、ジェインとマイケルは、しょうがクッキーを十三切れ選びました。そのひと切れひと切れに、金色の紙でできた星がついていました。ふたりの手のなかは、おいしそうな、キツネ色のパンが、山のようにもりあがりました。マイケルは、我慢できなくて、ひとつの端《はじ》を、ちょっとかじりました。

「おいしいかい？」と、コリーおばさんは、キイキイした声で聞きました。そして、マイケルがうなずくと、おばさんは、スカートをつまみあげ、ただもう、楽しいんだからしようがない、といったように、ハイランド・ブリング踊りのステップを、タ、タ、と二つ三つ、踏みました。

「フレイ、フレイ、すばらしいぞ、フレイ！」

と、コリーおばさんは、細い、かん高い声で、叫びましたが、踊りをやめて、まじめな顔になりました。

「だけど、忘れるんじゃないよ。――それを、あげちまうとは言わないからね。払ってもらわなくちゃ。値段は、ひとりあたり、三ペンス」

メアリ・ポピンズは、財布をあけて、三ペンス銅貨を三枚、とりだしました。そして、ジェインとマイケルに、一枚ずつ、渡しました。

「さあ」と、コリーおばさんは言いました。

「それをわたしの服につけておくれ！　みんなつけるんだ、銅貨は」

ジェインとマイケルは、コリーおばさんの長くて黒い服を、念入りにながめました。すると、なるほど、物売りの服に真珠のボタンがついているように、おばさんの服には、三ペンス銅貨がいっぱいついていました。

「ここにきて、つけておくれ！」

と、コリーおばさんは、催促しました。手をこすりあわせ、楽しみにわくわくしているようでした。

「つけりゃわかるよ、落ちやしないから」

メアリ・ポピンズが、すすみでて、自分の三ペンス銅貨を、コリーおばさんの服の襟《えり》のところに、押し

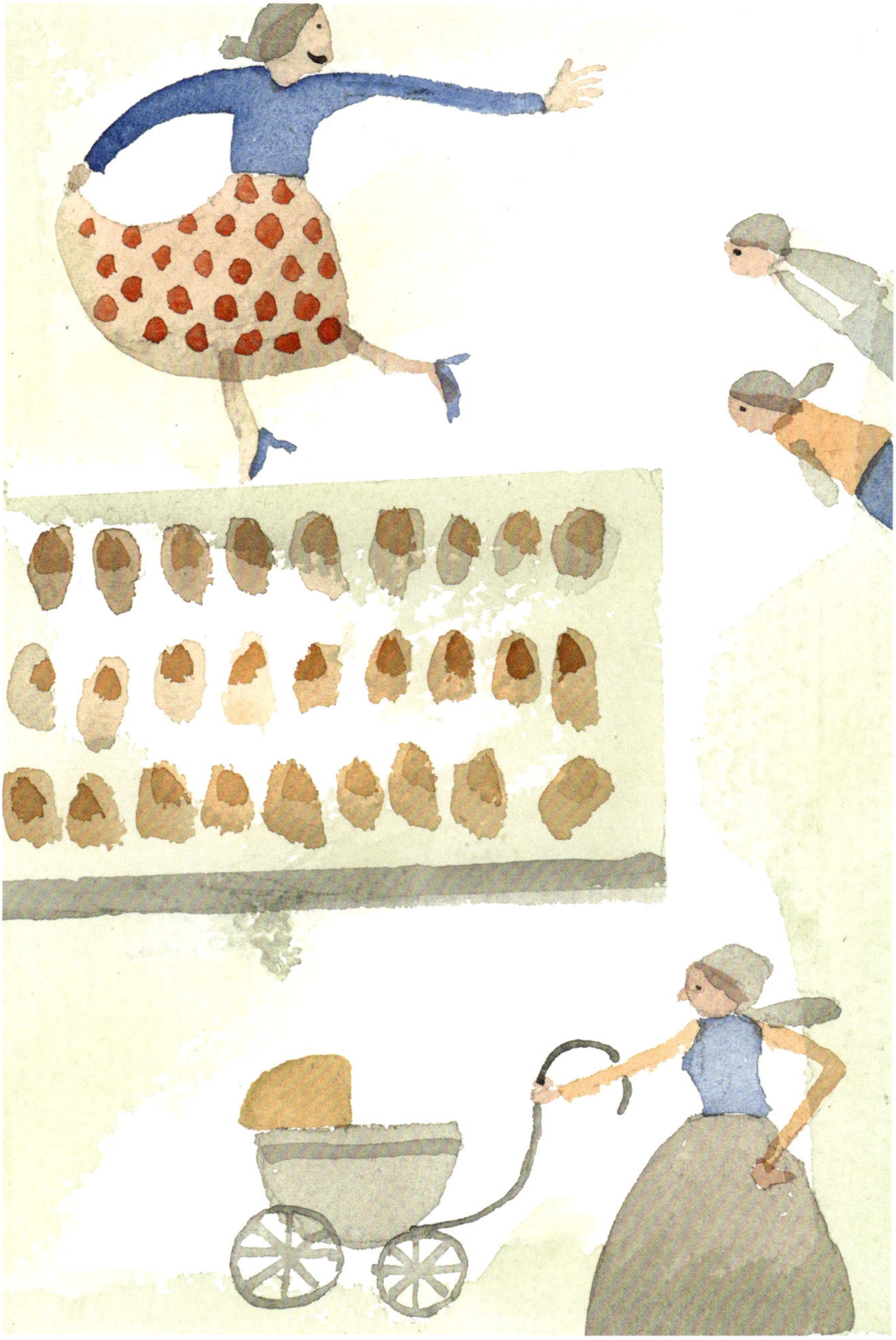

つけました。ジェインとマイケルはびっくりしました。それは、くっついたのです。

そこで、ふたりも、自分のをつけました。――ジェインのは、右肩のところに、マイケルは、前の折り返しに。ふたりのも、ちゃんとくっつきました。

「どうしてなんでしょう。不思議ね」と、ジェインが言いました。

「不思議でもなんでもないよ、嬢ちゃん」と、コリーおばさんは、上機嫌でした。

「まあ、なんていうか、もっと不思議なことが、ないとは言えない。これに比べりゃあ」

そう言って、メアリ・ポピンズに向かって、顔じゅうでウインクしました。

「そろそろ。失礼しなければいけません、コリーおばさん」

と、メアリ・ポピンズが言いました。「お昼に、カスタードの焼いたのを作りますので、それに間に合うように、帰らなければなりません。あのブリルさんが――」

「料理がへたなのかい?」と、コリーおばさんは、口をはさんで、聞きました。

「へた、ですって!」と、メアリ・ポピンズは、見下げたように、言いました。

「へたのどうの、なんてものではありません」

「ははあ!」と、コリーおばさんは言って、指を鼻の横にあてて、よくわかったような顔をしました。それから、こう言いました。「では、ポピンズさん、きてもらって、ほんとにうれしかった。うちの娘らも、わたし同様、さぞかし喜んだろうよ」

コリーおばさんは、悲しそうな顔をした大きなふたりの娘のほうへ、顎《あご》をしゃくりました。

「また近いうちに寄ってもらいたいね？　ジェインにマイケルに赤んぼうを連れてさ。しょうがクッキーは、ちゃんともったろうね？」

と、マイケルとジェインのほうを向いて、言葉をつづけました。ふたりとも、うなずきました。

コリーおばさんは、ふたりに近寄ってきましたが、なにか、奇妙な、さぐるような顔つきをしていました。

「どうだろうね」と、コリーおばさんは、夢見るような調子で、言いました。「紙の星を、あんたたち、どうするつもりかね？」

「あ、星？　それならしまっとくわ」と、ジェインは言いました。「いつもそうするんです」

「ああ――しまっておく！　すると、どこへ、しまっておくつもりかい？」

コリーおばさんの目は、半分とじていました。そして、なにかをさぐるような顔つきは、いちだんと鋭くなっていました。

「それは、ええと――」と、ジェインが言いはじめました。

「わたしのは、みんないちばん上のひきだしの左側。ハンケチの下へ、入れとくんです。そして――」

「ぼくのは、洋服箪笥《だんす》のいちばん下の棚にある、靴箱のなかなの」

と、マイケルが言いました。

「いちばん上のひきだしの左側と、洋服箪笥《だんす》のなかの靴箱」

と、コリーおばさんは、おぼえこもうとしているように、考え深く、言いました。それから、メアリ・ポピンズの顔を、しばらく、じいっと見て、わずかに頭をふって、うなずきました。メアリ・ポピンズも、軽くうなずきかえしました。なにか秘密のことが、ふたりの間でとりかわされたような、そんな感じでした。

「なるほど」と、コリーおばさんは、晴れ晴れとした声で、言いました。「それはまた、実におもしろい。わかるかい、あんたがたにはわかるまいけど、星をどこにしまうか聞いとくのは、うれしいんだよ。おぼえとくよ。そら、あたしは、なんでもおぼえとくだろう。——あの大事件をおこしたガイ・フォークスが、一週間おきの、日曜の晩ごはんに、なにを食べたか、ってことまでね。じゃ、さいなら。また、近いうちにくるんだよ。じゃ、さいーなら、ね」

コリーおばさんの声は、だんだんかすかになっていき、消えていくように思われました。そして、そのうちに、なにがあったのかわからなくなってきました。ジェインとマイケルは、ふと気がつくと、メアリ・ポピンズのあとについて、歩道を歩いていました。メアリ・ポピンズはまた、買い物のメモを調べていました。

ふたりは、ふりかえって、うしろを見ました。

「あれえ、ジェイン」と、マイケルが、びっくりして、言いました。「なくなった！」

「そうね」と、ジェインも、目をまんまるくして、言いました。

ほんとに、ふたりが見たとおりでした。あの店はありませんでした。まったく消えてしまっていました。

「へんねえ、ほんとうに！」と、ジェインが言いました。

「ほんと」とマイケルが言いました。

「でも、このしょうがクッキーは、とてもおいしいや」

それから、ふたりは、しょうがクッキーをかじりはじめ、つぎつぎにその形をいろんなふうに——まず、人、それから、花、つぎに、ティー・ポット、というぐあいに――かみちぎっていくのにいそがしくなって、さっきの妙なできごとを、すっかり忘れてしまいました。

ところが、夜になって、ふたりはまた、それを思いだすことになりました。あかりも消えて、ふたりとも、もう、ぐっすり寝ているはずの時間でした。

「ジェイン、ジェイン！」と、マイケルが、小声で言いました。「だれか、そっと階段をあがってくるような音がするよ。ほら！」

「しいっ！」と、ジェインは、ベッドのなかから言いました。ジェインも、その足音を聞いていたのでした。

やがて、かすかな音がして、扉があくと、だれかが部屋に入ってきました。メアリ・ポピンズでした。服を着て、帽子をかぶって、すっかり出かけるしたくをしていました。

目立たぬような、すばやい動作で、メアリ・ポピンズは、部屋のなかを、あちこちと音もなく動きまわりました。ジェインとマイケルは、薄目をあけ、身動きもしないで、じっと見守っていました。

メアリ・ポピンズは、まず、箪笥《たんす》のところへいって、ひきだしをひとつあけ、またすぐしめました。それから、忍び足で、洋服箪笥《だんす》のところへいくと、扉をあけ、かがみこんで、なにか、入れるか、とりだすか、しました（どっちなのか、ジェインとマイケルには、わかりませんでした）。カチッ！　洋服箪笥《だんす》の扉は急にしまって、メアリ・ポピンズは、急いで出ていきました。

マイケルは、ベッドの上におきあがりました。

「なにしてたのかな?」と、ひそひそ声を大きくして、ジェインに言いました。

「わからないわ。もしかすると、なにか忘れたのよ。手袋とか、靴とか、でなければ――」

ジェインは、ふっと、言葉を切りました。

「マイケル、聞いた!」

マイケルは、耳をすませました。下のほうから――庭のようでしたが――何人かの人声が、入りまじって、とても真剣な、興奮した調子で、話し合っているのが、聞こえてきました。

ジェインは、するっとベッドからとびだすと、マイケルを招きました。ふたりは、裸足のまま、そうっと窓のところへいって、下を見ました。

「コリーおばさんと、ファニイさんと、アニイさんだわ」

と、ジェインは、つぶやくように言いました。門の前の道に、ひとりの小さい人影とふたりの大きな人影が、立っていました。

ほんとに、ジェインの言ったとおりでした。それはまた、いっぷう変わった集まりでした。コリーおばさんは、十七番地の門の桟《さん》の間から、なかをのぞきこみ、ファニイは、二本の長い梯子《はしご》を、そのすごく大きな肩にかつぎ、アニイは、また、片手に、なにか糊《のり》のようなものの入った、大きなバケツを、もうひとつの手には、途方もなく大きな刷毛《はけ》を、ぶらさげていました。

カーテンの陰に立っているジェインとマイケルには、みんなの話し声が、はっきりと聞きとれました。

「遅いじゃないか!」と、コリーおばさんが、不機嫌な声で、じれったそうに言っていました。

「ひょっとすると」と、ファニイが、肩の梯子《はしご》をしっかりとかつぎなおして、口ごもりながら言いだしました。

「子どものうちのだれかが、病気にでもなって、それで――」

「時間どおりに、出てこられないのかもしれない」

と、アニイが、ファニイの言いかけたあとを、おどおどとつづけました。

「おだまり！」と、コリーおばさんが、はきだすように、言いました。そして、ジェインとマイケルは、コリーおばさんが、なにか「大いばりの大キリン」とかなんとか、小声で言うのを耳にしましたが、それは、不幸せなふたりの娘のことなのだ、ということが、わかりました。

「しいっ！」と、突然、コリーおばさんが言って、小鳥のように首をかしげ、耳をすませました。

玄関の扉が、静かにあいて、またしまる音が、聞こえました。それから、その庭を歩いていく、靴のきしむ音が聞こえました。コリーおばさんは、にっこりとして、手をふりました。メアリ・ポピンズは、買い物かごを腕にして、みんなのほうに近づいていきましたが、そのかごのなかには、なにか、かすかに、不思議な光をはなつものが、入っているようでした。

「さ、さあ、いこう、急がなけりゃ！　あまり時間はないよ」

と、コリーおばさんは言って、メアリ・ポピンズの腕をとりました。

「元気そうな顔をしなさい、ふたりとも！」

そう言って、コリーおばさんは、出かけました。ファニイとアニイが、あとにつづきました。ふたりとも、ほんとに、できるだけ元気そうな顔をしようとしていましたが、さりとて、あまり効果はあがりませんでした。ふたりは、重い荷物をかついで、背中をまるくして、お母さんとメアリ・ポピンズのあとから、のそのそと歩いて、いきました。

ジェインとマイケルが見ているうちに、四人は、桜並木通りをくだって、それから、ちょっと左へ曲がって、今度は丘をのぼっていきました。やがて、家は一軒もなくて、ただいちめんに芝草やクローバーの生えた、丘のてっぺんにのぼりつくと、みんなは立ちどまりました。

アニイは、糊《のり》のバケツをおろしました。ファニイは、梯子《はしご》を肩からおろすと、二本ともまっすぐ上に向けて、しっかりと立てました。それから、ファニイが一本を、アニイがもう一本、おさえました。

「いったい、あれ、なにをするつもりだろう?」と、マイケルは言って、ぽかんと目を見はっていました。

でも、ジェインは、なにも返事をしないですみました。いったいなにがはじまるのか、それは、マイケルも、自分の目で、見ていましたから。

ファニイとアニイが、梯子《はしご》を地面に立てて、ちゃんと、空に立てかけるようにすると、コリーおばさんは、待っていたとばかり、スカートをつまみあげ、片方の手に刷毛《はけ》を、もう片方の手に糊《のり》のバケツを、とりあげました。そして、梯子《はしご》のいちばん下の段に足をかけると、のぼりはじめました。メアリ・ポピンズも、かごを持って、もうひとつの梯子《はしご》を、のぼっていきました。

それから、ジェインとマイケルが見たのは、実に驚くべき光景でした。コリーおばさんは、梯子《はしご》のてっぺんにつくと、すぐ、刷毛《はけ》を糊《のり》のなかにつけて、そのべとべとしたものを、ピシャッピシャッ、と空につけはじめました。そして、メアリ・ポピンズは、そのあとから、かごのなかの、なにか光るものをとりだ

して、糊《のり》の上にはりつけました。そして、手をはなすと、メアリ・ポピンズは、しょうがクッキーのお星さまを空にはりつけているのだ、ということが、ふたりにはわかりました。どの星も、それぞれの場所にきちんと置かれると、きらきらした金色に、すばらしく光りはじめるのでした。

「あれ、ぼくたちんだ！」と、マイケルが、息づまる声で、言いました。

「ぼくたちの星だよ。ぼくたちが寝てると思って、入ってきて、持ってっちゃったんだ！」

けれども、ジェインは、だまっていました。ジェインはじっと見守っていました。

コリーおばさんが、刷毛《はけ》をふりかざして、パシャパシャと糊《のり》を空につけると、メアリ・ポピンズが星をはりつける。そして、ファニイとアニイは、その辺の空が星でいっぱいになると、また新しい場所へ、梯子《はしご》を動かしていくのでした。

とうとう、ぜんぶ終わりました。メアリ・ポピンズは、かごを逆さまにふって、ひとつも残っていないということを、コリーおばさんに見せました。それから、ふたりは梯子《はしご》をおりてきて、また、行列は丘をくだってきました。ファニイは、梯子《はしご》を肩にかつぎ、アニイは、からになった糊《のり》のバケツを、ガチャガチャさせていました。角まできて、立ちどまってしばらく話をしていましたが、それから、メアリ・ポピンズがみんなと握手して、通りを急ぎ足で、もどってきました。コリーおばさんは、脇がのびちぢみするゴム靴の足で、軽やかに踊りながら、スカートの端を気取ってもちあげたまま、反対のほうへ姿を消していきました。そのうしろから、大きな娘たちが、ドシドシと音をたてて、ついていきました。

庭の木戸が、カチッ、としまりました。庭道を通る靴音がしました。玄関の扉が、かたい、冷たい音をたてあき、しまりました。やがて、メアリ・ポピンズが、静かに階段をのぼってくるのが聞こえました。爪先だって、子ども部屋を通り、いつもジョンとバーバラといっしょに寝ている自分の部屋に、入っていきました。

その足音がすっかり静まると、ジェインとマイケルは、顔を見あわせました。それから、ひとことも言わないで、ふたりいっしょに、上の左のひきだしのところへいって、みました。

なかには、ジェインのハンケチが重ねてあるだけで、ほかには、なんにもありませんでした。

「ぼくが言ったとおり」と、マイケルが言いました。

つぎに、洋服箪笥《だんす》のところへいって、靴の箱をのぞいてみました。からっぽでした。

「だけど、どうやったんだろ？　どうしてなんだろ？」

と、マイケルは、ベッドの端に腰をおろして、じっとジェインの顔を見ました。

ジェインは、なにも言いませんでした。ただ、マイケルの横にすわって、膝小僧を腕にかかえこんで、考えて、考えて、考えつくしました。でも、とうとう、頭をふって髪の毛をさっとうしろにはねあげると、からだをのばして、立ちあがりました。

「あたしが知りたいのは」と、ジェインは言いだしました。

「こういうことよ。つまり、星は金色の紙なのか、それとも、金色の紙が星なのか、ってこと」

その質問には、返事がありませんでした。そして、ジェインも、返事を待っているわけではありませんでした。だれか、マイケルよりも、もっとずっと賢い人でなければ、ほんとうの答えをしてくれないということは、わかっていました――。

七　ジョンとバーバラ（双子のお話）

ジェインとマイケルは、パーティーに出かけていました。いちばんいい洋服を着て、女中のエレンが、ふたりを見て言ったとおり、「まるで、ショウ・ウインドウからぬけだしてきたような」かっこうをして。午後はずっと、家は、しいんと静まりかえっていました。まるで、家がひとりで、物思いにふけっているようでした。

もしかすると、夢を見ていたのかもしれません。

下の台所では、ブリルばあやが、鼻の先に眼鏡をのせて、新聞を読んでいました。ロバートソン・アイは、庭に腰をおろして、一心不乱に、さぼっていました。お母さまは、応接間のソファにからだをできるだけ長くして、足を上にあげていました。そして、家は、みんなを自分のなかにかかえこんで、たいそう静かに立ったまま、ひとりだけの夢を見ていました。

もしかすると、物思いにふけっていたのかもしれません。

二階の子ども部屋では、メアリ・ポピンズが、暖炉の火で、着物をほしていました。そして、日の光は、窓からさしこんで、白い壁にちらちらとゆれ動き、双子の赤ん坊の寝ている寝台の上で、遊びたわむれていました。

「どいてってば！　目に入るじゃないか」と、ジョンが、大声で言いました。

「ごめん！」と、日の光は言いました。

「でも、しようがないんだ。どうせ、この部屋を横切らなければならないんだもの。言いつけなんだもの。わたしは、一日のうちに、東から西へ移らなけりゃいけないんだし、わたしの道は、子ども部屋を通るようになっているんだから。ごめん！　目をつぶってくれよ。そうすりゃ、気にしないですむから」

金色の日の光の帯は、部屋を横切って、のびてきました。ジョンに気がねして、できるだけ速く、動いているのが、わかりました。

「あなたって、とてもやさしくて、すてきよ！　あたし、大好き」

と、バーバラは言って、あたたかい光のなかに、両手をさしのべました。

「いい子だな」と、日の光は、機嫌をよくして、言いました。そして、やんわりと、なでるように、バーバラのほっぺたの上をすべって、髪の毛のほうへすすんでいきました。

「わたしの手ざわりはどう?」と、いかにも、ほめてもらいたそうに、言いました。

「すごく、いい気持ち！」と、バーバラは、うっとりと溜息をついて、言いました。

「ペチャクチャ、ペチャクチャ、またはじまった！　こんな、おしゃべりなところは、はじめてだ。この部屋じゃあ、いつも、だれかが、しゃべっている」と、窓のところで、文句を言う声がしました。

ジョンとバーバラは、目をあげました。

それは、煙突のてっぺんに住んでいる、ムクドリでした。

「かまやしないでしょ」と、メアリ・ポピンズが、くるりとふりかえって、言いました。

「自分はどうなの？　朝から晩まで――そうさ、それに、夜の夜中までも、屋根の上や、電信柱の上で、わめいたり、叫んだり、どなったり、――きりがないじゃないか。どんなスズメッ子だって、あんたよりはましだよ。ほんとに」

ムクドリは、首をかしげて、窓枠にとまったまま、メアリ・ポピンズを見おろしました。

「まあね」と、ムクドリは言いました。

「なにかと顔を出さなきゃならない用向きがあってね。相談ごとだとか、討論会だとか、それに、つまらないけんかや、取引きの話もあるし。で、そういったことには、もちろん、いくらか――そのおだやかな話し合いがいるわけだし――」

「おだやかな、だって！」と、ジョンが叫んで、アハハ、と笑いました。

「それに、だ、なにもきみに言ってるわけじゃないよ、お若いの」と、ムクドリは言って、窓の敷居へ、ぴょんと、おりたちました。

「それでさ、きみはだまってりゃいいんだ。――とにかく。先週の土曜日には、ぶっ通し、何時間も聞かされたもんだ。いやもう、永久にやめないのかと思ったぜ。――おかげで、ひと晩じゅう、寝苦しくて、こまったよ」

「あれは、話してたんじゃないよ」と、ジョンが言いました。「ぼくは――」と、言いにくそうに、「そのお、痛いとこがあったんだ」

「へえぇ！」と、ムクドリは言って、バーバラの寝台の囲いのふちに、ぴょんと飛び移りました。そして、

寝台の頭のほうへ、ふちづたいに、にじり寄っていくと、ささやくような甘ったるい声で、言いました。

「バーバラちゃん、きょうは、おじさんに、なにかありませんかな、ええ?」

バーバラは、寝台の囲いの桟《さん》につかまって、身をおこすと、すわりました。

「あたしの赤んぼう用のビスケット、半分残してあるわ」

と、言って、まあるい、太った手でつかんだビスケットを、さしだしました。

ムクドリは、さあっと舞いおりると、バーバラの手から、ビスケットをかすめとって、窓の敷居に飛び帰りました。そして、ガッガッとかじりはじめました。

「ごちそうさま!」と、メアリ・ポピンズが、あてこすりを言いました。が、ムクドリは、食べるほうにいそがしく、忠告の言葉にも、気がつきませんでした。

「『ごちそうさま!』と言ったのよ」と、メアリ・ポピンズは、少し声を大きくして、言いました。

ムクドリは、顔をあげました。

「え――なにか言いましたか? ああ、よした、よした、そんなひらひらした飾り文句なんか、口に出してるひまはありませんや」

そう言って、ムクドリは、最後のひとかけらを、ほおばりました。

部屋のなかは静まりかえっていました。

ジョンは、日の光を浴びて、うつらうつらしながら、右足の指先を口のなかに押し入れて、ちょうど歯の生えかけているあたりを、こすっていました。

「なんで、わざとそんなことするの？」

と、バーバラが言いました。バーバラの声は、いつでも、楽しげな笑いに満ちてるような声でした。

「だれも見てやしないじゃない」

「知ってるさ」と、ジョンは言って、足の指で、一曲ひく真似をしました。

「だけど、練習しときたいんだ。おとなが、すごく喜ぶんだもの。きのう、フロッシーおばさんにやってみせたら、喜んじゃって、頭がおかしくなりそうだったの。知ってた？『かわいい子だよ、おりこうさんだ。奇跡だ、ああ、神の御業《みわざ》よ！』――聞いた、こんなこと言ってたの？」

そして、ジョンは、口から足をはなすと、フロッシーおばさんのことを思いだして、キイキイ笑いました。

「フロッシーおばさんは、あたしの軽業《かるわざ》も、喜んだわよ」と、バーバラも、気取って、言いました。

「あたし、靴下を両方ともぬいでみせたらね、おばさん、あたしがあんまりかわいいんで、食べちゃいたいなんて言うの。へんだわね――あたしが、食べたいって言うのは、ほんとに食べたいときよ。ビスケットとか、ラスクとか、ベッドの柱のたまだとかね。でも、おとなの言うことは、いつもほんとじゃないみたい。きっとそうよ。おばさん、ほんとに、あたしを食べたかったのかしら？」

「そんなことないさ、ただ、おとなは、ばかばかしい話しかたをするだけさ」と、ジョンは言いました。

「どっちみち、ぼくには、おとなってものは、わかりゃしない。みんな、ばかみたいなんだもん。ジェインやマイケルだって、ときどき、ばかみたいだ」

「そうよ」と、バーバラも賛成しました。そして、考えこみながら、靴下をぬいだり、はいたりしていました。

「たとえば、さ」と、ジョンはつづけました。

「ぼくたちの言うことなんか、ひとつもわからないしさ。それよりも、もっと悪いのは、いろんな、ほかのものの言うことが、わからないだろ。ほら、ついこないだの日曜日に、ジェインが、風が言っていることがわかればいいな、なんて、言ってたじゃない」

「そうよ」と、バーバラが言いました。「おかしかった。それに、マイケルだって、いつも言ってるでしょ。ムクドリは、『ピィィ――チク――ピィィィ』って言ってるって、そう言いはるじゃない？　ムクドリは、そんなこと、ぜんぜん言ってないのに。あたしたちとおなじように話してるのが、わからないのよ。そりゃ、お父さまやお母さまにわかるなんて、だれも思やしないけど、――あんないい人たちなのに、なんにも知らないのね。――でも、ジェインやマイケルだったら、少しは知ってると思わない？　もう少し――」

「前には、わかったんですよ」と、メアリ・ポピンズが、ジェインのパジャマをたたみながら、言いました。

「え、ほんと？」と、ジョンとバーバラが口をそろえて、びっくりした声で言いました。

「ほんと？　ほんとに、ふたりともわかってたの？　ムクドリや、風や、それに――」

「木のしゃべることも、日の光の言うことも、それに、お星さまの言葉も――もちろん、聞こえてたんですよ！　前には、ね」と、メアリ・ポピンズは言いました。

「だって――どうして、みんな忘れちゃったの？」

と、ジョンは言って、額にしわを寄せて、なぜだろう、と考えこみました。

「ははあん！」と、ムクドリが、ビスケットの残りから顔をあげて、知ったかぶりして、言いました。

「聞きたいところでしょうな」

「大きくなったからです」と、メアリ・ポピンズは説明しました。「バーバラ、靴下をはきなさい、すぐ」

「そんなの、つまらない理由だな」と、ジョンは、メアリ・ポピンズを、ぐっと見すえて、言いました。

「だから、ほんとうなんです」と、メアリ・ポピンズは、バーバラの靴下を、足首にしっかりむすびつけながら、言いました。

「そんなら、ばかげてるのは、ジェインとマイケルなんだ」と、ジョンが、言葉をつづけました。

「ぼくなら、大きくなったって、忘れやしないさ」

「あたしだって」と、バーバラが、満足そうに、指をしゃぶりながら、言いました。

「いいえ、忘れます」と、メアリ・ポピンズが、はっきりと言いました。

双子は、おきあがって、メアリ・ポピンズの顔を見ました。

「ほーれ!」と、ムクドリは、からかうように、言いました。「見てもらいたいね、このおふたりを! 世界七不思議にでもなる気だよ。ささやかな奇跡、だって——とんでもない! もちろん、忘れますよ。——ジェインとマイケルみたいに、ね」

「忘れるもんか」と、双子は、言って、殺してやるぞといった目で、ムクドリをにらみつけました。

ムクドリは、ヘラヘラ笑いました。

「忘れちゃう、っていうのさ」と、言いはりましたが、

「そりゃあ、きみたちのせいじゃないがね、もちろん」と、少しやさしくなって、言い足しました。

「忘れるってことは、こりゃあどうにもならないことなんだよ。いままでだって、満一歳になって――遅くてもせいぜいそのへんだな――まだおぼえていた人間は、ひとりもいなかったね――ま、〝あの人は〟、別だがね」

そう言って、ムクドリは、せなか越しに首をまわし、メアリ・ポピンズをさしました。

「だって、どうして、メアリ・ポピンズにおぼえていられて、ぼくらにはできないの？」と、ジョンが言いました。

「ああ、そりゃ、あの人は別さ。とびぬけてるんだ、あんなわけにはいかない」

ムクドリは言って、ふたりに向かって、苦笑いしました。

ジョンとバーバラは、だまってしまいました。

ムクドリは、説明をつづけました。

「まあ、あの人は、ぜんぜん、特別なんだ。もちろん、顔かたちのことじゃない。顔かたちを言うなら、あたしんちの生まれたてのひよっこだって、メアリ・ポピンズよか、ましなくらいで――」

「この、おせっかい！」と、メアリ・ポピンズは、腹立ち声で言って、さっと走り寄ると、エプロンで、ムクドリめがけて、ぱっとはらいました。が、ムクドリは、飛びのいて、窓枠の上に舞いあがり、手のとどかないところへ逃げて、小憎らしく口笛を吹きました。

「てっきり、やっつけたと思ったでしょうが、おあいにくさま！」

と、ムクドリは、からかうように笑って、メアリ・ポピンズのほうに、翼をふってみせました。

メアリ・ポピンズは、荒っぽく、咳払《せきばら》いをしました。

日の光は、部屋のなかを、動きつづけていました。長い金色の尾をひきながら。外では、そよ風が吹きはじめて、やさしく、通りのサクラの木にささやきかけていました。

「そら、そら、風が話してる」と、ジョンが、小首をかしげて、言いました。

「ほんとかな、ぼくたち、大きくなったら、あれが聞こえなくなるの、メアリ・ポピンズ？」

「聞こえることは、ちゃんと聞こえますよ」と、メアリ・ポピンズが言いました。

「でも、なにを言ってるかは、わからなくなります」

それを聞くと、バーバラは、静かに、泣きだしました。ジョンの目にも、涙が浮かびました。

「そうかといって、どうしようもないんです。ものごとは、そういうものなんだから」と、メアリ・ポピンズは、ふたりの気持ちをくんで言いました。

「見ておくれ、ちょっと、おふたりさんを！」と、ムクドリがひやかしました。「死ぬかと思うほどの泣きっぷりだよ。どうだろう、卵のなかのムクドリだって、も少し、聞き分けがいいさ。ハハ、見ておくれ！」

いまはもう、ジョンもバーバラも、寝台の上で、悲しみにしずんで、泣いていました。――底なしの不幸に見まわれて、はてしもなく、すすりあげていました。

突然、戸があいて、お母さまが入ってきました。

「子どもたちの声が聞こえたようだったけど」

と、お母さまは言いました。そして、双子のほうへ、かけよりました。

「どうしたの、え？　おお、わたしのだいじな赤ちゃん、かわいい赤ちゃん、わたしのおちびちゃん、どうしたの？　どうして、こんなに泣いてるんです、メアリ・ポピンズ？　午後はずうっと、あんなにおとなしかったのに――声ひとつたてなかったのに。いったい、どうしたっていうんでしょう？」

「はい、奥さま。いいえ、べつに。歯がはえかけているときなので」

と、メアリ・ポピンズは、ムクドリのほうをわざと見ないようにして、言いました。

「ああ、それならね――きっと、そのせいだわ」と、お母さまは、ほっとしたように、言いました。

「いちばん好きなものを、みんな忘れなきゃならないんなら、歯なんか、ぼく、いらないや」

と、ジョンは、泣きながら言って、寝台のなかで、からだをよじりました。

「あたしも、いや」と、バーバラも、泣き泣き、枕に顔をうずめました。

「かわいそうに、かわいそうに。意地悪な歯がはえてしまえば、すっかり、なおりますよ」

と、お母さまは、二つの寝台を、あっちこっちと、いったりきたりしながら、なだめるように、言いました。

「そうじゃないってば！」と、ジョンは、わめきたてました。

「歯なんか、いらないいんだい」

「よくなるんじゃない。悪くなるのよ！」と、バーバラは枕に顔をあてて、泣きじゃくりました。

「そうよ、――そうよ。さあ、ちょっとのがまん。お母さまはわかってます。――よおくわかってますよ。歯がはえてしまえば、すっかり、よくなるのよ」と、お母さまは、声をひそめて、やさしくあやしました。

かすかな音が、窓のところでしました。ムクドリが、あわてて、笑いをのみこんだのです。メアリ・ポピンズは、そちらをひとにらみしました。ムクドリは、急に、まじめな顔にもどり、それからは、にこりともしないで、下の様子を見守っていました。

お母さまは、子どもたちを、ひとりずつ、やさしく、なでてやりました。そして、気持ちをときほぐすつもりで、いろいろと、ささやきかけました。突然、ジョンが泣きやみました。ジョンは、ほんとうにたしなみのある子で、お母さまのことを好きでしたし、お母さまには、どうしてあげればいいかということを、忘れませんでした。

お母さまが、始終、まちがったことを言うのは、――かわいそうですが――お母さまのせいではないのです。それは、考えてみれば、ただ、お母さまにはわからない、それだけのことなのです。そこで、ジョンは、お母さまを許してあげていることをわかってもらうために、ごろんと、あおむきになりました。そして、ただ、悲しげに涙をひとつすすると、両手で、右足をつかみ、指先を口のなかで動かしてみせました。

「まあ、おりこうさん、ほんとに、おりこうさん」

と、お母さまは、ジョンを見て、晴れやかに言いました。ジョンは、また、やってみせました。お母さまは、それはもう、喜びました。

また、バーバラも、負けずに、やさしい気持ちをみせようと、枕から顔をはなすと、涙でほっぺたを濡らしたまま、おきあがって、靴下を、両足ともぬいでみせました。

「すてきな子ね！」

お母さまは満足そうに言って、バーバラにキスしました。

「ほうら、ね、メアリ・ポピンズ！　もう、すっかりいい子になりました。わたしだと、いつでも、おとなしくなるのね。ほんとにいい子、いい子だわ」と、お母さまは、子守り歌でも歌っているような調子で言いました。

「歯も、じきはえますよ」

「はい、奥さま」と、メアリ・ポピンズは、静かに答えました。そして、双子にちょっと笑いかけました。お母さまは出ていき、扉をしめました。

お母さまが姿を消したとたんに、ムクドリは、くるったみたいに笑いだしました。

「かんべん、かんべん、ひどく笑ったりして！　実際——がまんができない。なんという場面！　まったく、なんという！」

ジョンは、ムクドリには、目もくれませんでした。寝台の桟《さん》の間に顔をあてて、低い、でも、きっぱりした調子で、バーバラに声をかけました。

「ぼくは、けっして、ほかの人みたいにはならないよ。ほんとさ、なるもんか。みんな」と、頭をぐいと、ムクドリとメアリ・ポピンズのほうへ向けて、

「言いたいことを言ってりゃいいさ。ぼくは忘れやしないよ、きっと、忘れないよ！」

メアリ・ポピンズは、ひとりほほえみました。それは、いつもの、わたしのほうが知ってます、という、自分だけの、ほほえみでした。

「あたしだって」と、バーバラが答えました。「きっと」

「どうだろう、おふたりさんの言うことは！」

と、ムクドリが、キイキイ声で叫びました、翼を背にたたんで、ただもう、わめくような笑い声をたてました。

「あの子たちは、忘れないですむと思っててんのかい！　どうせ、もう一か月か二か月——よくってせいぜ

い三か月だね。――そうなれば、わたしの名前だって、わからなくなっちゃうんだ。――まぬけのカッコウさ！　まぬけの、月たらずの、羽なしカッコウってわけだ、ハッ、ハッ、ハッ！」

そう言って、もうひと笑い、高笑いをひびかせると、斑点《はんてん》のある翼をひろげて、窓から外へ、飛んでいきました。

それから、間もないころでした。あれこれやっかいな思いをしたあげく、歯が生えました。結局、歯というものは生えることになっておりますので。そして、双子は、第一回の誕生日をむかえました。

誕生日のお祝いがあった次の日、休みをもらって、ボーンマスへいっていたムクドリが、桜並木通り十七番地へもどってきました。

「ハロー、こんちはー、ごきげんよう！　また帰ってまいりました！」と、ムクドリは、うれしそうに、かん高い声をあげ、窓の敷居におりたって、ちょっとよろめきました。

「ところで、そちらの娘さんはお元気かな？」と、生意気な調子で、メアリ・ポピンズに問いかけたのです。小首をかしげて、明るい、愉快そうな、くるくるした目で、メアリ・ポピンズを見つめました。

「あんたにたずねてもらったところで、べつにそうよくもならないわ」と、メアリ・ポピンズは、つんとして、言いました。

ムクドリは笑って、バーバラの寝台を見やりました。

「さて、バーバリーナちゃん」と、やわらかい、甘ったるい声で、ムクドリは、はじめました。

「きょうは、このおじさんになにかありますかな?」

「ベーラーベラー、ベラー、ベラー!」

と、バーバラは、赤んぼう用のビスケットを食べながら、おとなしく、ひとりでつぶやいていました。

ムクドリは、はっとして、少し、はねて近づきました。

「もう一度言いますよ」と、さっきより、はっきりした口調で、くりかえしました。

「きょうは、このおじさんに、なにかありますか、バービィちゃん?」

「バ・ルウ、バ・ルウ、バ・ルウ!」と、バーバラは、天井をにらんだまま、ぶつぶつつぶやいて、甘いビスケットのひとかけらを、のみこみました。

ムクドリは、目をまるくして、バーバラを見つめました。

「ははあ!」と、突然、ムクドリは、声をあげて、ふりかえって、これはいったいどうしたことか、という目で、メアリ・ポピンズのほうを見ました。

それから、ムクドリは、さっと飛びたって、ジョンの寝台の上に飛んでいき、囲いのふちにとまりました。

ジョンは、大きな、もくもくした毛の子ヒツジを、だいじそうに腕にかかえこんでいました。

「わたしの名は、なんだっけ? え? わたしの名は、なんだっけ? え? わたしの名は?」

と、ムクドリは、かん高い声で気が気ではなさそうに、叫びました。

「アー・アンフ!」と、ジョンは言って、口をあけると、毛むくじゃらの子ヒツジの片足を、つっこみました。

ムクドリは、ちょっと首をふって、顔をそむけました。

「そうか。やっぱりそうか」と、静かに、メアリ・ポピンズに言いました。

メアリ・ポピンズは、うなずきました。

「ま、そうだろうさ。こうなるってことは、わかってたんだ。いつも、言って聞かせたもの。もっとも、ふたりとも、信じなかったが――」

しばらくのあいだ、ムクドリは、じっとだまりこんだまま、寝台のなかを見つめていました。が、ぶるっと羽をふるわせました。

「さ、さ、いかなくちゃ。煙突のわが家へ帰るとしよう。春の大掃除もせにゃならんし、いそがしくなるぞ」

ムクドリは、窓の敷居まで飛んで、ちょっととまると、肩越しにふりかえり、少しよろめきました。

「だがね、あの子どもらがいないと、変な感じだろうな。いつだって、しゃべってるあいだは、愉快だったよ。――ほんとに、愉快だった。忘れられるもんじゃない」

ムクドリは、翼で、急いで目をこすりました。

「泣いてんの?」と、メアリ・ポピンズがひやかしました。ムクドリは、ぴんとなりました。

「泣いてる? とんでもない。ただね――その――軽い、風邪《かぜ》気味なんで。旅行の帰りにしょっちゃって――それだけ。そう、鼻風邪《かぜ》だよ。たいしたことはない」

ムクドリは、すばやく、窓枠に飛びあがりました。しばらくくちばしで胸の羽をそろえていましたが、それから、

「じゃ、ごきげんよろしゅう」と、気取った声で言うと、翼をひろげて、飛んでいってしまいました。

八　満月

その日はずうっと、メアリ・ポピンズは、なにかと、急いでいました。そして、急いでいるときのメアリ・ポピンズは、かならず、機嫌がよくありませんでした。

ジェインがなにをしても、みんな、いけないことになりましたし、マイケルがすれば、もっといけないことになりました。双子でさえ、がみがみしかられていました。

ジェインとマイケルは、なるべく、メアリ・ポピンズに近寄らないようにしました。

メアリ・ポピンズの目に入ったり耳に入ったりしないほうがいいことは、いままでもちょくちょくありましたので、ふたりとも、心得ていました。

「ぼくたち、見えなくなれたらいいんだけど」と、マイケルが言いました。それは、あなたの姿を見ただけでも、まじめな人はとてもしんぼうできない、とメアリ・ポピンズに言われたからです。

「見えなくなるわよ」と、ジェインが言いました。

「ソファのかげへ隠れればば。貯金箱のお金も数えられるし、それに、晩ごはんを食べたあとなら、機嫌がなおってるかもしれないし」

そして、ふたりはやってみました。

「六ペンス銀貨一枚と一ペニー銅貨四枚――これで十ペンスね。それから、半ペニーが一枚に三ペニーが一枚」

と、ジェインは、急いで数えてから、言いました。

「一ペニー四枚に、四分の一ペニー銅貨が三枚、それに――それで、おしまい」

と、マイケルは言って、自分のお金を七枚積みあげて、溜息をつきました。

「ちょうど、慈善箱向きってとこですね」

と、メアリ・ポピンズが、ソファの肘掛《ひじかけ》越しにのぞいて、ばかにしたように言いました。

「だめだい」と、マイケルは、くってかかりました。

「ぼくがつかうんだよ。ためてるんだもん」

「へええ、飛行機を一台、買うつもりなんですかね！」と、メアリ・ポピンズは、あざわらうように、言いました。

「ちがうさ、ゾウを買うんだ――ぼくの、自家用のゾウ。動物園にいるリジィみたいなやつさ。そしたら、メアリも乗せてあげられるんだけど」と、マイケルは言って、見るような、見てないような目つきで、メアリ・ポピンズの様子を、うかがいました。この考えを、メアリ・ポピンズはどう思うかな、と思って。

「へーえ」と、メアリ・ポピンズは、言いました。

「たいへんな思いつきだ、まったく！」

でも、ふたりは、メアリ・ポピンズが、もう前ほど機嫌は悪くない、ということが、わかりました。

「ぼく、気になるんだけど」と、マイケルは、考えこんで、言いました。「夜になって、さ、みんなが家へ帰っちゃったら、動物園はどうなるのかな？」

「心配ご無用、ですよ。どうなろうと」と、メアリ・ポピンズは、ぴしゃりと、言いました。

「心配してんじゃないさ。ただ、どうなるのかなあって思っただけ」と、マイケルが言いなおしました。

「メアリは、知ってる?」と、いつもの二倍の速さで、テーブルの上のパンくずを払い落としている、メアリ・ポピンズに、聞きました。

「もうひとこと、なにか質問したら――すぐ、寝かせますよ!」と、メアリ・ポピンズは言って、すごい勢いで、子ども部屋を片づけはじめました。まるで、人間というよりも、白い帽子をかぶり、エプロンをつけたつむじ風といった感じでした。

「なにか聞いたって、だめよ。なんでも知ってるけど、けっして教えてくれないんだから」

と、ジェインが言いました。

「だれにも教えてやらないんだったら、なにか知ってたって、むだだよ」

と、マイケルは、ぶつぶつ文句を言いました。メアリ・ポピンズに聞かれないように、声をひそめて――。

その晩くらい早く寝かされたことは、ほんとうに、はじめてのことでした。メアリ・ポピンズは、さっさとあかりを吹き消して、世界中の風という風ぜんぶに、吹きとばされているのかと思われるような勢いで、姿を消しました。

しかし、それから間もなく――どうもそんな感じ――でした。ドアのところで、だれかが、そっと小声で呼ぶのが、聞こえました。

「ジェインと、マイケル大いそぎ!」と、その声は言いました。「すぐおいで、なにか着て!」

ふたりは、びっくりして、ベッドからとびだしました。

「さあ」と、ジェインが言いました。「なにか、はじまるんだわ」

そして、暗闇のなかを、手さぐりで着るものを、さがしはじめました。

「大いそぎ！」と、また、声が呼びました。

「やんなっちゃう、水兵帽と手袋しか見つからないや」

と、マイケルは、部屋のなかをかけずりまわったり、ひきだしをあけたり、棚を手さぐったり、していました。

「それでいいわよ、着て。寒かないわ。さあ」

ジェインといえば、ジョンの小さな上着が見つかっただけなので、なんとか腕をとおして、それからドアをあけました。そこにはだれもいませんでした。だれかが、階段を急いでおりていく音がしたようでした。ジェインとマイケルは、あとを追いました。いったい、なんだったのか、それとも、だれなのかわかりませんが、とにかく、ずうっと、ふたりの先にたって、すすんでいくのです。

ぜんぜん見えないけれども、なにかが、たえず、ついてこい、という合図をしながら、先へ先へとつれていくのが、ふたりには、はっきりわかりました。やがて、ふたりは通りに出ていました。シュッシュッと、歩道をすべるスリッパの音を、静かにひびかせて、ふたりは急ぎ足で、すすんでいきました。

「いそいで」

近くの角のところで、またせきたてる声がしましたが、角を曲がっても、やっぱり、なんにも見えませんでした。ふたりは、手をつないで、走りだしました。

声のあとを追って、通りをすすみ、露地をぬけ、門をくぐり、公園を横切り、フウフウ息をはずませ、やっとたどりついたのは、大きなまわり木戸のついた塀の前でした。

「さあ、着きました」と、声が言いました。

「ここはどこ?」と、マイケルが、言いました。が、返事はありませんでした。ジェインは、マイケルの手をひっぱって、まわり木戸に近づいていきました。

「ほら!」とジェインが言いました。

「わからない?　ここが動物園よ!」

すばらしく明るい満月が、空に輝いていました。そのあかりで、マイケルは、鉄の格子をつくづくながめてから、その間からなかをのぞきこみました。ああ、たしかにそうです!　動物園がわからなかったとは、なんてまぬけだったのでしょう。

「でも、どうやって、入る?」と、マイケルは言いました。「お金がないよ」

「かまやしません、心配いりません!」と、おなかにズシンとひびくようなどら声が、なかから聞こえました。

「今夜は、特別、お客さんは入場無料です。まわり木戸を押してください!」

ジェインとマイケルは、まわり木戸を押して、すっとなかへ入りました。

「切符を、どうぞ」と、どら声が言いました。見あげると、声の主は、金ボタンのついた上着を着て、とんがり帽子をかぶった、すごく大きなヒグマでした。手には、モモ色の切符を二枚持っていて、それを子どもたちのほうへさしだしていました。

「でも、ふだんは、あたしたちのほうで切符を渡すんだけど」と、ジェインが言いました。

「ふだんは、ふだんのとおり、今夜は、そちらでお受けとりください」と、ヒグマは言ってから、にっこりと笑いました。

マイケルは、そのヒグマを、しみじみとながめました。

「ぼく、きみのこと、おぼえてるよ」と、ヒグマに向かって、言いました。

「缶入りの蜂蜜をあげたことがあるな」

「はい、いただきました」と、ヒグマは言いました。

「ですけど、ふたがとってなかったですね。ごぞんじですか、わたしがふたをとるのに苦労して、十日以上かかったんです。これから、も少し気をつけてください」

「でも、どうして檻《おり》に入ってないの？　夜は、いつも、外へ出てるの？」と、マイケルが言いました。

「いや、誕生日が満月とかちあったときだけです。そろそろ、失礼しなくちゃ。門番の役ですから」

そう言って、ヒグマは、ふたりに背を向けて、また、まわり木戸のハンドルをまわしはじめました。

ジェインとマイケルは、切符を手に持って、動物園のなかを歩いていきました。満月の光を浴びて、木立ちや、花や、茂みは、みんな、くっきりと浮かびあがり、建物や檻《おり》も、はっきりと見てとれました。

「とても大勢いるようだ」と、マイケルが、見まわしながら、言いました。

実際、大勢いました。どの道でも、動物が走りまわっていました。鳥といっしょにかけているものも、自分だけでいるのもいました。オオカミが二匹、子どもたちのそばを走り過ぎました。上品で、しなやかな身ぶりの、忍び足で歩く、とても背の高いコウノトリを間にはさんで、オオカミは両側からなにか熱心

に話しかけていました。その三匹のそばを通るとき、「誕生日」とか「満月」という言葉を言っているのが、はっきりと聞こえました。

遠くのほうに、ラクダが三匹、ならんでぶらぶら歩いていました。そして、そう遠くないところには、ビーバーとアメリカ・ハゲタカが、話しこんでいました。ジェインとマイケルには、どの動物たちも、みんな、同じことを話し合っているように思われました。

「だれの誕生日かなあ、ほんとに？」

と、マイケルが言いました。しかし、ジェインは、変わった光景に目をうばわれて、先へすすんでいきました。ちょうど、ゾウの囲いのあたりで、たいへん大きな、太った老紳士が、四つんばいになって、いったりきたりしていました。その人の背中には、小さな腰掛けが二つ、ならべてのせてあり、そこに、サルが八匹、乗っかっていました。

「まあ、まるっきりあべこべじゃない！」と、ジェインは叫びました。

老紳士は、ジェインがそばを通り過ぎるとき、おこったようににらみつけました。

「あべこべだと！」と、老紳士は、鼻息も荒く言いました。

「わしが！　あべこべだと？　いいかげんな口をつつしんでもらいたい」

八匹のサルは、あざけるように笑いました。

「あら、すみません。――べつにどうってことじゃないの。――でも、なにからなにまで、みんな」ジェインは、急いでその人のあとを追っていって、あやまりました。

「ふだんの日なら、動物が人間を乗せてるのに、きょうは、人が動物を乗せて歩いてるでしょ。そのことよ」

けれども、その老紳士は、よろけたり、息をはずませて歩きながら、あくまでも、失礼なことを言った、と言いはり、キイキイ騒いでいるサルを背中に乗せたまま、向こうへ立ち去ってしまいました。

追いかけてもしようがない、と思って、ジェインは、マイケルの手をとって、先へすすみました。すると、突然すぐ足もとから、大声で呼びかけられて、とびあがりました。

「おい！　そこの子どもふたり！　入っといでよ。ほしくもないミカンの皮をとりに、ザブンと水にとびこんでみろよ」

とげとげした、おこったような声でした。下を見ると小さなオットセイで、月に輝いた池のなかから、ふたりを横目でにらんでいました。

「きてみなよ、さあ――どんな気分か、やってみな！」と、言いました。

「だけど、――だって、ぼくたち、泳げないんだもん！」と、マイケルが言いました。

「だめだよ、言いわけしたって、そんな！」と、オットセイは言いました。「いまさら、なんだい！　このおれが泳げるかどうか、考えてくれたやつは、ひとりだっていないんだぜ、えっ？　なんだって？　なにがどうした？」

この最後の言葉は、水のなかから顔を出して、なにか口を寄せてささやきかけている、もう一匹のオットセイに向かって、言った言葉でした。

「だれだって？」と、はじめのオットセイが言いました。

「はっきり言えよ！」

二番目のオットセイは、もう一度、ささやきました。

「お客さん――友だちだってば、あの――」

という言葉が、ジェインの耳に入りましたが、あとは聞こえませんでした。はじめのオットセイは、がっかりしたようでしたが、それでも、ジェインとマイケルに向かって、せいいっぱいのおあいそを言いました。

「これは、失礼。よくおいでになりました。失礼」

そう言って、鰭《ひれ》をさしだして、しんなりと、ふたりに握手を求めました。

「おっと、前を見て歩けよ。ええ？」

と、オットセイがどなりました。だれかがジェインにぶつかったからです。ジェインがふりむくと、すごく大きなライオンがそこにいたので、少しドキンとしました。ライオンの目は、ジェインを見て、輝きました。

「や、どうも、どうも――」と、ライオンはしゃべりはじめました。「あなたとはぞんじませず！　この辺は、今晩はやけに混みあっておりますし、わたくしも、人間どもに餌《えさ》をやるのを見にいこうと、急いでおりましたもので、つい、前を見なかった、というわけでして。で、そちらは？　あれを見のがすというてはありませんぞ――」

「はあ、でも」と、ジェインは、ていねいに言いました。

「おともすることになりますけど――」

少し心配な気もしましたが、ライオンは、案外、気立てがよさそうでした。

「それに、どのみち」と、ジェインは考えました。「今夜は、なにもかも、逆さまなんだし」

「かまいませんとも！」

と、ライオンは、いくぶん気取った調子で言うと、ジェインに腕をさしのべました。

ジェインは、その腕に手をかけましたが、万一の用心に、マイケルを、自分のそばからはなさないようにしました。マイケルは、それこそ、まるまると太った子どもでしたし、それに、なんといっても――と、ジェインは考えました――ライオンはライオンなんですから――。

「どうでしょう、わたしのたてがみはみごとでしょうが？」

歩きはじめると、ライオンは聞きました。「今夜のために、とくに、わざわざカールさせたものでして」

見ると、なるほど、たてがみは、念入りに波をつけ、いくつもの巻毛になって、たれさがっていました。

「りっぱよ、とても」と、ジェインは言いました。「でも――ライオンがそんなことに気をつかうなんて、なんだかおかしくないかしら？　あたし、こう思ってたの、あの――」

「なんですと！　お嬢さん。ライオンは、ご承知だろうが、百獣の王ですぞ。王としての地位というものを忘れてはならんのです。それに、自分のたちからいって、忘れることはめったにないので。ライオンは、いつどんな場合でも、もっともよく見えるよう、心がけねばならんと、思っております。さて、こちらへ」

そう言って、ライオンは、前足を品良くあげて、「トラやヒョウの家」のほうを指さし、ふたりを入口に案内しました。

ジェインとマイケルは、目の前にあらわれたながめに、息をのみこみました。広いホールは動物たちでいっ

ぱいなのでした。檻《おり》の前の、長い手すりに寄りかかっているのもいれば、檻《おり》に向かいあった幾段もの座席にのっているのもいました。アメリカ・ライオンにヒョウ、オオカミ、トラ、カモシカ、そして、サルに、ハリネズミに、フクログマや、ヤギやキリン、またウミネコとハゲタカだけの大群、などが見えました。

「すばらしいもんでしょう！」とライオンは、誇らしげに言いました。「あの、むかしの、ジャングル時代そのままの、懐かしい気分ですな。ところで、あっちへいきましょう。いい場所をとらなくちゃいかん」

ライオンは、動物たちの群れを押しわけて、「さあ、道をあけた、あけた！」と、どなりながら、ジェインとマイケルをひっぱって、すすんでいきました。やがて、みんなはホールのまんなかへきましたが、そこで、ちょっと人混みの隙間から、檻《おり》のほうを、ちら、と見ることができました。

「あれっ」と、マイケルが、大きな口をあけて言いました。

「人間がいっぱい入ってらあ！」

ほんとに、そうでした。

ひとつの檻《おり》のなかでは、シルク・ハットに縞《しま》ズボンの、大柄な中年の紳士がふたり、うろうろと動きまわって、鉄格子の間から、心配そうに外をながめて、なにか待っているようでした。

別な檻《おり》には、長い産衣《うぶぎ》を着た赤ん坊からもっと大きい子まで、ありとあらゆる背かっこうの子どもたちが、ひしめいていました。外の動物たちは、いかにもおもしろそうに、子どもたちをながめていましたが、なかには、鉄格子の間から、前足や尻尾をつっこんで、赤ん坊を笑わせようとしているのもいました。一頭のキリンが、長い長い首を、ほかの動物たちの頭越しにのばして、水兵服を着た男の子に、鼻の先をくすぐらせていました。

また、もうひとつの檻《おり》には、レインコートを着て、オーバーシューズをはいた、年配の女の人が三人、入れられていました。

ひとりは編物をしていましたが、あとのふたりは、鉄格子のところに立って、動物たちに向かって、わめいたり、傘をつきつけたりしていました。

「きたならしいちくしょうめ？　あっちへ、いけ。わたしのお茶はどうしたのよ！」

と、ひとりが金切り声をあげました。

「ああ、おかしい！」と、動物たちのなかから声がして、みんな、わっと笑いました。

「ジェイン、ほら！」

マイケルが、いちばん端の檻《おり》をさして、言いました。

「あれ、ちがう——？」

「ブーム提督だわ！」と、ジェインは、すっかり驚いて、言いました。

まちがいなく、それは、ブーム提督でした。ブーム提督は、咳《せき》こんだり、鼻を鳴らしたり、ひどくわめきちらしたりして、檻《おり》のなかをあばれまわっていました。

「こんちくしょう！　総員、ポンプにかかれえ！　陸地だぞう！　それ、いけえ！　ええい、こんちくしょう！」

提督は叫びました。そして、鉄格子に近づくたびに、一頭のトラが、棒で静かに押しかえすので、ますます腹をたててわめきました。

「でも、どうしてみんなあんなところに、入ったんですか?」と、ジェインが、ライオンに聞きました。

「迷い子になったからです」と、ライオンが言いました。

「というよりは、置き去りにされたんですな。ぐずぐずしていて、門がしまったとき、なかに取り残された連中ですよ。どこかに入れとかにゃならんというわけで、ここで飼ってるわけです。あれはあぶないあそこにいるのは! ついさっきも、あぶなく、番人がひとり、やられちゃうところでしたが。近寄っちゃいけません!」

そう言って、ライオンは、ブーム提督を指さしました。

「さがってください、どうか、さがってください!! 押さないで! 道をあけてください!」

ジェインとマイケルは、大声で、こう叫ぶ声を聞きました。

「ああ――いよいよ、餌《えさ》をやりますよ!」

ライオンは、興奮して、動物の群れのなかに、身をのりだしていきました。

「ほら、番人がきました」

それぞれ、とんがり帽子をかぶった、茶色のクマが四頭、食べ物をのせた手押車を押して、動物たちと檻《おり》の間の、狭い通路を、すすんできました。

「ほれ、さがった、さがった!」

だれかが道をふさぐたびに、声をかけました。それから、四頭のクマは、それぞれ、檻《おり》についている小さな入口をあけて、大きなフォークの先に、食べ物をつけてさしだしました。

ジェインとマイケルは、アメリカ・ライオンとヤマイヌの間から、どういうことがはじまるかが、とてもよく見えました。子どもたちの檻《おり》に、牛乳瓶《びん》が入れられると、赤ん坊たちは、小さな手でひょいとつかんで、しがみつくようにして、飲みました。年上の子どもたちは、スポンジ・ケーキやドーナツを、フォークから、ひったくるようにしてとると、かぶりつくように食べはじめました。バタ・パンとひきわりのホット・ケーキをのせたお皿は、オーバーシューズをはいた女の人の檻《おり》に、入れてやりました。そうして、シルク・ハットの紳士たちは、ヒツジのカツレツと、グラスに入ったプティングをもらいました。紳士たちは、食べ物をもらうと、すみのほうへもっていって、縞《しま》ズボンの上にハンケチをひろげて、食べはじめました。

やがて、番人たちが、ずっと檻《おり》にそってすすんでいくうちに、たいへんな騒ぎが聞こえてきました。

「こんちきしょうめ。これで、食事だというのか？　こんな、けちくさい、ちっぽけな焼肉と、キャベツの二つ三つ！　なんだ、ヨークシャ・プディングはないのか？　とりあわせを考えろ、話にならん！　錨《いかり》をあげろ！　どこだ、おれのブドウ酒は？　ブドウ酒だと言っとるんだ！　早くもってこい！　下甲板、提督のブドウ酒はどうした？」

「そーれ、荒れてきましたな。いいですか、あれはあぶない——あれは——」と、ライオンが言いました。

ジェインとマイケルは、だれのことを言ってるのか、聞く必要はありませんでした。ブーム提督のものの言いかたは、知りすぎるほど知っていましたから。

「さて」と、ライオンは、ホールのなかの騒ぎが、少しおさまってくると、言いました。「そろそろ、おしまいのようですな。それに、ご無礼ながら、わたしはいかねばならんのです。いずれ、あとで、鎖の輪踊りのとき、お目にかかりましょう。かならずお待ちしてます」

そう言って、ふたりを出口のほうへ案内して、別れを告げました。カールしたたてがみが波のようにゆれて、金色のからだに、月の光と影がまだらになって、映っていました。

「あ、ちょっと――」

と、ジェインが、うしろから声をかけましたが、もう声のとどかないところへ、いってしまいました。

「あの人たち、出してもらえるのかどうか、聞きたかったの。かわいそうだわ！　だって、ジョンやバーバラだって、ああなったかもしれないんだもの。わたしたちだって、もしかして――」

ジェインは、マイケルのほうをふりむきました。ところが、マイケルは、そばにいないのです。マイケルは、ひとつの小道の、先のほうにいっていました。ジェインが追いかけていくと、一羽のペンギンと話をしているところでした。ペンギンは道のまんなかにつっ立って、片方の翼で、大きな帳面をかかえこみ、もういっぽうの翼で、いやに長い鉛筆を持っていました。ジェインがそばに寄ると、ペンギンは、なにか考えこんで、鉛筆の端をかんでいるところでした。

「思いつかないな」

マイケルが、なにかの質問に答えている声を、たしかにジェインは聞きました。

ペンギンは、ジェインのほうを向きました。

「あなたなら、ひょっとすると、教えてくれるかな」と、言いました。「聞くけど、『メアリよ』と調子の合う言葉、なにかない？　『へんてこよ』てのは、つかえないんだ。もう前につかっちゃったし、古いのはいけないからね。『森の精』って言いたいとこだろうけど、だめだね。考えてみたんだけど、これっぱかりも、あの人に似てないんだから、役にたたないよ」

「毛もじゃさん」と、マイケルが、勢いよく言いました。

「ふむ――あまり詩的じゃないね」と、ペンギンは、ちょっと考えて、言いました。

「『ぱっちりさん』ってのは、どう?」と、ジェインが言いました。

「そうさねえ――」ペンギンは、考えこんでいるようでした。が、「それほど、よくない」と、すっかり心細くなったように、言いました。

「あきらめなきゃならないかなあ。ぼくね、誕生日のための詩を作ろうとしてるんだよ。こんなふうにはじめたら、とてもいい、と思ってさ――。

　おお、メアリ、メアリ――。

ところがさ、その先が出てこないんだ。いやになっちゃうよ、ほんとに。みんなは、ぼくから、なにか、学ぼうとしている。ぼくとしても、みんなをがっかりさせたくはないしね。ま、しようがないさ――ぼくをひきとめないでくれよ。仕事をつづけなくちゃ」

　そう言うと、ペンギンは、鉛筆をかみかみ、帳面の上にかがみこんで、急いで、いってしまいました。

「なにもかも、さっぱりわからないわ」と、ジェインが言いました。「いったい、だれの誕生日なのかしら?」

「さあ、こっちですよ、おふたりとも、こっちですよ。ごあいさつにいらっしゃりたいんですね。今夜は、めでたいお誕生日なんだから！」

　ふたりのうしろで、声がしました。ふりむくと、入口で切符をくれたヒグマが、立っていました。

「ええ、もちろん！」

　ジェインは、こう言えば、きっとまちがいがないだろうと思って、答えてみましたが、だれにあいさつにいくのか、いっこう、わかりませんでした。

　ヒグマは、ふたりを、うしろから抱きかかえるようにして、道をすすんでいきました。ふたりは、あたたかくて、やわらかい毛が、からだにさわるのが、わかりました。また、ヒグマがなにか言うと、おなかのなかが、ゴウゴウとひびくような音も聞こえました。

「さあ、きました、きました」

　そう言って、ヒグマは、ひとつの小さな建物の前で、とまりました。その建物は、たくさんの窓という窓が、明るく、きらきらと輝いているので、もしも月夜でなければ、太陽が照っているのかと思うほどでした。ヒグマは扉をあけて、ふたりの子どもを、やさしくなかへ押しやりました。

　はじめのうちは、明るくて目がくらみそうでしたが、そのうちに、目がなれてくると、そこは、「ヘビの家」だということがわかりました。檻《おり》はどれもあいていて、ヘビは外に出ていました――怠けものらしく、とぐろをまいて、鱗《うろこ》のある大きな縄のむすびめのように見えるのもいれば、床の上を静かにすべりまわっているのもいました。その、たくさんのヘビのまんなかに、どこかの檻《おり》のひとつからもちだしてきたと思われる丸太が、置いてありましたが、その上にすわっているのは、メアリ・ポピンズでした。ジェインとマイケルは、とても自分の目が信じられませんでした。

「誕生日のお客さま、おそろいで、お見えです」

ヒグマは、うやうやしく、一同に告げました。ヘビは、いっせいに頭をまわして、いぶかしそうに、子どもたちのほうを見ました。メアリ・ポピンズは、じっとすわったまま、言いました。

「外套《がいとう》はどうしたんです?」

マイケルを見ても、べつに驚きもせず、メアリ・ポピンズは、不機嫌そうな声で言いました。

「それから、あなたの帽子と手袋は?」と、ジェインのほうを向いて、しかりつけました。

ところが、ふたりが答える間もなく、「ヘビの家」のなかに、あるざわめきがおこりました。

「シュウゥッ!　シュウゥッ!」

ヘビたちは、静かに、シュウゥッ、という音をたてながら、高くのびあがって、なにか、ジェインとマイケルのうしろにあるものに、お辞儀をしました。ヒグマは、とんがり帽子をとりました。そして、メアリ・ポピンズも、また、静かに立ちあがりました。

「いとし子よ。最愛の娘よ」

細くて、ふるえるような声が、シュウシュウとひびいてきました。そして、いちばん大きなヘビのなかから、しとやかに身をうねらせて、静々とあらわれたのは、一匹のキング・コブラでした。キング・コブラは、美しい曲線を描いて、お辞儀をしているヘビたちやヒグマの前を通って、メアリ・ポピンズのほうへ、すべるようにすすんでいきました。そして、メアリ・ポピンズのそばまでくると、長い金色の体を半分立てて、金色の鱗《うろこ》を光らせながら、扇《おうぎ》のようにひろげた首をもたげ、メアリ・ポピンズの右頬から、左頬へと、軽やかにキスをしました。

「さて！」キング・コブラは、シュウシュウという声で、おだやかに言いました。「これはまた、喜ばしいことです。――実に、実に、喜ばしいことだ。あなたの誕生日が満月とかさなったのは、ひさしぶりのこと」

そう言って、キング・コブラはふりむきました。

「みな、席について！」

キング・コブラは、ほかのヘビたちにそう言うと、おっとりと頭をさげました。それを聞くと、ヘビたちは、うやうやしく身をすべらせて、とぐろをまき、キング・コブラとメアリ・ポピンズのほうに、じいっと目をそそぎました。

さて、それから、キング・コブラは、ジェインとマイケルのほうを向きました。ふたりは、ちょっと、身ぶるいしました。キング・コブラの顔は、いままでに見たこともないほど、小さくて、ひからびていました。ふたりは、一歩、前へすすみました。キング・コブラの、不可思議な、底知れぬ目の光に、おもわず引き寄せられるような気がしました。長い、細い目は、眠たげな色をたたえていましたが、そのとらえようもない、眠たげな眼差しの奥のほうに、眠ることのない一点の光が、宝石のように輝いていました。

「ところで、この子どもらは、だれだろうな？」

キング・コブラは、いぶかしげにふたりを見て、ひっそりとした、恐ろしい声で、言いました。

「ジェイン・バンクスお嬢ちゃまと、マイケル・バンクスぼっちゃまが、ごあいさつに」

ヒグマが、おそるおそる、がさつな声で言いました。

「あの方のお友だちでございます」

「ああ、あちらのお友だちかな。それは、おふたりとも、ようこそ、どうぞ、おすわりを」

ジェインとマイケルは、なんとなく、王さまの御前《ごぜん》にでも出たような気持ちで――ライオンに会ったときは、別段そうも感じませんでしたが――おもわずひきこまれてしまうキング・コブラの眼差しから、やっとの思いで目をはなし、なにかすわるものはないか、とあたりを見まわしました。すると、ヒグマが、しゃがんで、ふわふわの毛布の膝に、ひとりずつすわらせてくれました。

ジェインが、声をひそめて、言いました。

「まるで、王さまのような、話しかたをするのね」

「そのとおりで。わたしらの世界の王さまなんで――わたしら動物のなかで、いちばん頭もよくて、いちばん恐ろしいかたなんです」

ヒグマは、声をひそめてうやうやしく言いました。

キング・コブラは、ほほえみました。長い、ゆったりとした、つかみどころのないほほえみでした。そして、メアリ・ポピンズのほうを、向きました。

「いとこよ」

キング・コブラは、静かに、シュウッと、話しはじめました。

「ほんとに、いとこ?」と、マイケルが、小声で聞きました。

「いとこの子です。――母方の」ヒグマは、口に手をあてて、声を低くして、教えてくれました。

「でも、まあ、聞いておいでなさい。これから、誕生日の贈り物をあげるところです」

「いとこよ」キング・コブラは、くりかえしました。

「あなたの誕生日が、満月とかさなることも、しばらくありませんでしたし、今夜のようなお祝いも、このところひさしくできなかったことでした。それゆえ、あなたのお誕生日の贈り物について、多少、考えてみるひまがありました。そして、決めました」

キング・コブラは、言葉を切りました。「ヘビの家」のなかは、しんと静まりかえり、ただ、たくさんの生き物が、みんな、かたずをのんで、そこにいる気配だけが、感じられました。

「わたくしにできるもっともよい、祝い物は、自分の身の皮を一枚、さしあげることである、と」

「それは、まあ、なんというお心づかい――」

と、メアリ・ポピンズが口をきりましたが、キング・コブラは、ふくらんだ首をあげて、とどめました。

「いや、いや。ご承知のように、わたくしは、ときたま皮をぬぎかえますし、一枚くらい、多かろうと少なかろうと、かまわないことです。わたくしは――？」

キング・コブラは言葉を切って一同を見まわしました。

「ジャングルの王」

ヘビたちは、みんな、声をそろえて、シュウッと言いました。まるで、問うことも答えることも、よく慣れたみんなの儀式のひとつみたいでした。

キング・コブラは、うなずいて、「ですから」と、つづけました。

「わたくしがよいと思うものは、あなたも、よいと思われるでしょう。誠にささやかな贈り物ですが、メアリさん、ベルトにもなりましょうし、靴にも、帽子のバンドにもなりましょう。——こういうものは、いつなんどきでも、役だちましょうから」

そう言うと、キング・コブラは、右、左と、静かにからだをゆすりはじめました。ジェインとマイケルが、じっと見守っていると、キング・コブラは、尻尾のほうから頭のほうへ、さざ波が伝わっていくように見えました。突然、キング・コブラは、身をよじり、コルクの栓抜きのようなかっこうで、高くとびあがりました。見ると、キング・コブラのからだについていた、金色の皮が、床に横たわっていて、そのかわりに、キング・コブラは、銀色に輝く、新しい皮をまとっていました。

「お待ちください!」

キング・コブラは、メアリ・ポピンズが、かがんで、その皮を拾いあげようとするのを見て、言いました。

「あいさつの言葉を、それに書きとめましょう」

キング・コブラは、ぬぎすてた皮の上に、さっと尻尾を走らせると、その金色のさやのようなぬけがらを、手際良く輪にまるめ、それに頭をとおして、ちょうど、冠のようにすると、王さまらしい物腰で、メアリ・ポピンズにさしだしました。メアリ・ポピンズは、お辞儀をして、これを受けとりました。

「ほんとうに、お礼の申しあげようもないくらい——」と、メアリ・ポピンズは言いかけて、言葉を切りました。いかにもうれしそうに、その皮を手にして、指の間を何度もすべらせては、ほれぼれとながめいっていました。

「なにも、礼の言葉など」とキング・コブラは言って、

「シイィッ！」と、つづけ、それから、首をいちだんとふくらませて、なにかの物音に耳をすませているようでした。

「鎖の輪踊りの合図のように聞こえるが？」

みんな、耳をすましました。鐘が鳴っていました。そして、低いどら声が、だんだん近づいてきて、大声で叫んでいるのが、聞こえました。

「鎖の輪踊り、鎖の輪踊り！　どなたも、中央広場へ、お集まりください！　鎖の輪踊りと閉会式がはじまります。さあ、どうぞ、さあ、どうぞ！　鎖の輪踊りにお集まりくださーい！」

「やはり、そうでしたな」

キング・コブラは、にっこりとして、言いました。

「メアリ。おでかけください。中央広場の席につかれるのを、みんな、待ちかねておりましょう。では、ごきげんうるわしゅう、次の誕生日まで」

そう言って、キング・コブラは、さっきのように身をおこすと、メアリ・ポピンズの両頬に、そっとあいさつのキスをしました。

「お急ぎください！」と、キング・コブラは言いました。

「あなたのかわいいお友だちは、わたくしが、お相手しましょう」

ジェインとマイケルは、腰かけていたヒグマが動くのを感じて、立ちあがりました。ふたりの足もとを、

ヘビが、みんな、うねうねと身をすべらせ、「ヘビの家」から急いで出ていくのがわかりました。メアリ・ポピンズは、キング・コブラに向かって、重々しくお辞儀をすると、子どもたちのほうには、ちらともふりむかないで、動物園の中央にある、広々とした芝生の広場へと、走り出ていきました。

「いってよろしいぞ」

と、キング・コブラが、ヒグマに言いました。ヒグマは、かたくなってお辞儀をすると、帽子を手に持ったまま、走り出て、ほかの動物が、みんな、メアリ・ポピンズを囲んで、集まっているところへいきました。

「まいりましょうか、ごいっしょに?」

キング・コブラが、ジェインとマイケルに、やさしく言いました。そして、答えるのも待たず、ふたりの間に身をすべりこませ、首をまわして、自分の両側をそれぞれ歩くよう、指図しました。

「もうはじまってますな」

キング・コブラは、楽しげに、シュウッという声で言いました。

芝生のほうから聞こえてくる、にぎやかな叫び声を聞いて、子どもたちは、キング・コブラが言ったのは、鎖の輪踊りのことだということが、わかりました。近づいていくうちに、動物たちの歌ったり叫んだりしている声が、はっきり聞こえてきて、やがて、ヒョウやライオン、ビーバー、ラクダ、クマ、ツル、カモシカ、そのほか、たくさんの動物たちが、みんな、まるい輪になって、メアリ・ポピンズをとりまいているのが、見えてきました。そして、すぐ、動物たちは動きはじめました。荒々しい声でジャングルの歌を歌いながら、踊るにつれ、輪のなかや、外へ、踊りだしたり、お互いに手や翼をかわるがわるとりあって、ちょうど、カドリールの鎖の輪踊りを踊るときにそっくりでした。

かぼそい、ヒイヒイという声が、動物たちのなかから、一オクターブ高く、聞こえてきました。

「おお、メアリ、メアリ
　あなたはとてもすばらしい
　ほんとうに、ほんとうに、すばらしい」

そして、子どもたちのそばへ、ペンギンが、踊りながら、短い翼をふって、元気いっぱいに歌いながら、やってくるのが、見えました。ペンギンは、ふたりを目にとめると、キング・コブラにお辞儀をして、それから、かん高い声で言いました。

「できたんだ。いま歌ってたけど、聞いた？　完璧とは言えないさ、もちろん。『すばらしい』ってのは『メアリ』と、まったく同じ調子じゃあないからね。だけど、それでいいんだ、いいんだ！」

そう言って、ペンギンは、スキップしながらはなれていき、ヒョウに、翼をさしだしました。

ジェインとマイケルは、踊りを見守っていました。キング・コブラは、ふたりの間に、ひっそりとして、身動きひとつしませんでした。ちょうど、知り合いのライオンが、踊りながらそばを通って、身をかがめて、ブラジル・キジの翼を、手にとったときでした。ジェインは、自分の気持ちを、口ごもりながら、言ってみました。

「あの、なぜなんでしょう、王さま――」と、言いかけて、口をつぐみました。なんとなく、気持ちがこんがらかって、言っていいのか、悪いのか、わからなくなってしまいましたので。

「なんとおっしゃったかな、さあ！」と、キング・コブラが言いました。「なにをお考えか？」

「あの――だって、ライオンと鳥、とか、トラと小さなけだもの、とか――」

キング・コブラが、察してくれました。

「あなたは、こう考えた、つまり、お互いに、敵になるように生まれついている、ライオンは鳥を見れば、食べずにはいられないし、トラが、ウサギを見れば、やっぱり同じように――、と」

ジェインは、顔を赤くして、うなずきました。

「ふむ――あなたの言うとおりかもしれません。そういうこともあるでしょう。しかし、この誕生日には、ちがうのです」と、キング・コブラは言いました。

「今夜は、小さいものは、大きいものを恐れる必要はありませんし、大きいものは、小さいものを守ってやります。わたくしでさえ――」

そう言って、言葉を切ると、深く物思いにしずんでいるようでした。

「わたくしでさえ、ガチョウを見ても、晩ごはんのことなど、まったく考えたくはない。――このお誕生日の夜にはね。それに、要するに」

なにか言うたびに、細くて、先がわかれた、恐ろしい舌を、ちょろちょろ、ひっこめたり出したりしながら、話をつづけるのでした。

「食べることと、食べられることとは、結局、同じことなのかもしれぬ。わたくしがこれまでに学んだことはこうしたことです。わたくしどもは、みな、同じものからつくられているのです。いかがです、ジャングルで育てられたわたくしたちも、町で育つあなたがたにしてもです。同じもので、わたくしたちは、できているのです。――頭の上の木も、足の下の石も、鳥も、けものも、星も――わたくしたちは、みんな、変わりのないひとつのものです。みんな、同じところに向かって、動いているのです。子どもさんよ、わたくしのことを忘れてしまうとしても、このことだけは、忘れないほうがいい」

「だって、どうして、木が石だなんてことになるの？　鳥は、ぼくじゃないし。ジェインは、トラじゃないよ」

と、マイケルが、頑固に言いはりました。

「そうとは考えられませんかな？」

キング・コブラは、シュウシュウした声で、言いました。

「ごらんなさい！」

そう言って、目の前を動いていくけだものの群れを、頭でさしました。鳥もけものも、メアリ・ポピンズのまわりに、びっしりと輪をつくり、いまはひとつになって、ゆれ動いていました。メアリ・ポピンズも、また、静かに、右へ左へと、ゆれていました。うしろへ、前へ、拍子をあわせ、時計の振子のように、ひとかたまりになって、ゆれていました。あたりの木立ちさえ、静かに、枝をゆりあげ、またゆりもどし、そして、月も、海で船がゆれるように、空の間でゆれているように思われました。

「鳥もけものも石も星も――わたくしたちは、みな、ひとつのもの、みな、ひとつのもの――」

キング・コブラは、ひそかにつぶやきながら、静かに、開いた首をちぢめて、自分も、ふたりの子どもの間で、からだをゆすっていました。

「子どもとヘビと、星と石と――すべては、ひとつ――」

シュウシュウいう声は、だんだん、聞きとれなくなってきました。ゆれ動いている動物たちの叫び声も、次第に遠のいていき、かすかになってきました。ジェインとマイケルも、それに聞き入っているうちに、自分たちもいっしょにからだをゆすっているような気がしていました。でなければ、だれかに、ゆすってもらっているような――。

やわらかい、なにかに半分さえぎられた光が、ふたりの顔にあたりました。

「よく眠って、夢でも見ているんでしょう。――ふたりとも」

だれかが、ささやきました。それは、キング・コブラの声だったでしょうか、それとも、いつものように、夜、子ども部屋を見まわりにきた、お母さまが、毛布をなおしながら、言ったのでしょうか？

「よしよし」

それは、ヒグマがどら声で言ったのでしょうか、それとも、お父さまだったのでしょうか？

ジェインとマイケルは、ゆらゆらと、ゆれ動きながら、どちらとも、わかりませんでした――。わかりませんでした――。

「ゆうべ、すごく変な夢、見たわ」

ジェインは、朝ごはんのとき、オートミールにお砂糖をかけながら、言いました。

「ふたりで、動物園へいった夢よ。メアリ・ポピンズの誕生日だったの。檻《おり》のなかにね、動物じゃなくて、人間が入ってて、動物は、みんな、外にいて――」

「あれえ、それ、ぼくの夢だ。それ、ぼくが見たんだ」

マイケルは、ひどくびっくりして、言いました。

「ふたりとも、おんなじ夢を見るなんてこと、できないわ」と、ジェインが言いました。「それ、ほんと？　ライオンがたてがみをカールしてたの、おぼえてる？　オットセイが、あたしたちに、おい、やれ、なんて——」

「ミカンの皮をとりに、とびこめ、って言ったんだろ？」と、マイケルが、言いました。

「おぼえてるさあ。もちろん。それから、檻《おり》のなかに、赤んぼうがいて、ペンギンは、調子のいい言葉が見つからなくてさ、それから、キング・コブラが——」

「じゃ、ぜったいに、夢だなんてはずないわ」

ジェインは、力をこめて、言いました。

「ほんとにあったんだわ。でも、もし、ほんとだったら——」

ジェインは、牛乳を沸かしているメアリ・ポピンズのほうを、不思議そうに、見ました。

「メアリ・ポピンズ」と、ジェインは、言いました。

「マイケルとあたしが、同じ夢を見たら、おかしい？」

「あなたがたの夢ですって？」

メアリ・ポピンズは、フン、と鼻を鳴らして、

「オートミールをおあがりなさい。じゃないと、バタ・トーストをあげませんよ」

それでも、ジェインは、引きさがりませんでした。どうしても、聞かなければなりません。

「メアリ・ポピンズ」ジェインは、メアリ・ポピンズをじいっと見すえて、言いました。

「ゆうべ、動物園にいたわね？」メアリ・ポピンズは、口をぽかんとあけました。

「動物園？　わたしが、動物園に――夜？　わたしがですって？　この落ち着いた、筋道のとおった人間が、なにがなんで、なにがなんでないかを、ちゃんとわきまえた――」

「でも、いたわね？」ジェインは、言いはりました。

「冗談じゃない――。なんてことを！」と、メアリ・ポピンズは、言いました。「さ、どうか、オートミールをすっかり食べて。それから、つまらない話はやめてください」

ジェインは、牛乳をつぎました。

「じゃあ、夢だったんだ」と、言いました。「やっぱり」

しかし、マイケルは、いまはトーストを焼いているメアリ・ポピンズを、大きな口をあけ、目を皿のようにして、見つめていました。

「ジェイン」ジェインにささやいたマイケルの声は、うわずっていました。

「ジェイン、ほら、見て！」

マイケルは、指さしました。そして、ジェインも、マイケルが見つめていたものを、見ました。

メアリ・ポピンズは、腰のまわりに、金色の鱗《うろこ》のついた、ヘビ皮のベルトをしめていました。そのベルトには、曲がりくねった、ヘビのような字で、こう書いてありました。

「おくりもの　どうぶつえんいちどう」

九　クリスマスの買い物

「雪のにおいがする」と、ジェインは言いました。みんながバスから降りたときでした。

「クリスマス・ツリーのにおいがする」と、マイケルが言いました。

「わたしは、魚のフライのにおい」と、メアリ・ポピンズが言いました。

そして、そのあとはもう、なにもほかの匂いをかいでいるひまはありませんでした。バスがとまったのは、世界じゅうでいちばん大きな店の前でしたし、三人は、これからそこに入って、いっしょにクリスマスの買い物をすることになっていたのですから。

「さきに、ショウ・ウインドウ見てもいい?」

マイケルは、うれしくて、片足でぴょんぴょんとびはねながら、言いました。

「けっこうです」

メアリ・ポピンズは、びっくりするくらいおだやかに答えました。といっても、ジェインとマイケルは、なにもほんとにびっくりした、というわけではありません。なぜなら、メアリ・ポピンズは、なにが好きといって、お店のショウ・ウインドウを見ることくらい好きなものはない、ということを、ふたりはよく知っていましたから。それから、また、ふたりは、自分たちが、おもちゃや、本や、ヒイラギの枝や、乾しブドウ入りのお菓子を見ているあいだじゅう、メアリ・ポピンズは、ウインドウに映る自分の姿しか見ない、ということも知っていました。

「あ、飛行機だ！」と、マイケルが言いました。ふたりは、おもちゃの飛行機が、針金を伝わって、空中を走っている、ウインドウの前で、立ちどまりました。

「ほら、あれ！」と、ジェインが言いました。

「ちっちゃな、黒い赤んぼうがふたり、ゆりかごにいっしょに入ってるでしょ。——あれ、チョコレートだと思う、それとも、せとものかしら？」

「ま、見てごらん、このすがたを！」

メアリ・ポピンズは、ひとりごとを言いました。上に毛皮のついた新しい手袋の、とても感じのいい映りぐあいを、つくづくとながめていました。いままでにはめたことのない、はじめてのもので、こうやって手にはめて、ショウ・ウインドウに映っているのを見ていると、永久に見あきることなんてない、と思いました。そして、手袋の映りぐあいをよく見てから、今度は、念入りに、姿全体に目を移していきました。——コート、帽子、スカーフ、靴、それを身につけている自分自身——そして、結局、こう思いました。まず、どうみても、これほどあかぬけして、人目をひくような人は、いままでに見たこともない、と。

しかし、冬の午後は、短いということはわかっていましたし、それに、お茶の時間までには、家へ帰らなければなりませんので、溜息をついて、ウインドウに映った、輝くばかりの姿から、自分をむりやりにひきはなしました。

「さあ、入りますよ」と言って、そこから、小間物売り場で腰をすえて、黒い木綿糸ひとつ選ぶのに、ひ

どく手間取り、ジェインとマイケルをうんざりさせました。

「おもちゃ売り場は」マイケルは、メアリ・ポピンズの気をひいてみました。「あっちのほうだよ」

「わかってます。指図しないで」

と、メアリ・ポピンズは言って、しゃくにさわるほど、ゆっくりと、勘定を払いました。

それでも、やっと、みんなはサンタ・クロースのそばへやってきて、贈り物を選ぶのを、すっかり手伝ってもらいました。

「お父さまには、あれがいいよ」

と、マイケルは言って、特別の信号燈のついた、ぜんまい仕掛けの汽車を選びました。

「お父さまが、町にいくときは、ぼくがかわりにあずかるよ」

「お母さまには、これを、買おう」

小さなお人形の乳母車《うばぐるま》を押しながら、ジェインが言いました。たしか、お母さまは、前からこれをほしがってた、と思いました。

「きっと、ときどき貸してもらえると思うわ」

それから、マイケルは、双子にヘアピンの束をひとつずつ、お母さまには、鉄の組み立ておもちゃ、ロバートソン・アイに機械仕掛けのカブト虫、申し分ない目をしているエレンには、眼鏡、いつもスリッパをはいているブリルばあやには、編上げ靴のひも、などをそれぞれ選びだしました。

ジェインは、ちょっと考えていましたが、結局、白いロバが、お父さまにぴったりのものだと決め、それから、双子には、大きくなってから読むようにと、『ロビンソン・クルーソー』の本を買いました。

「ふたりが読めるようになるまでは、あたしが読んでもいいし」と、ジェインは言いました。「きっと、貸してくれると思うわ」

さて、メアリ・ポピンズは、石鹸《せっけん》のことで、サンタ・クロースと、ひどく言いあっていました。

「ライフ・ブイ印ではだめですか?」と、サンタ・クロースが言いました。お客さんの役にたつつもりだったのが、メアリ・ポピンズの少しかみつくような調子におされて、心配そうな顔つきになりました。

「バイノリアにしてもらいます」

と、メアリ・ポピンズは、つっけんどんに言って、その石鹸《せっけん》をひとつ買いました。

「あら、たいへん」

メアリ・ポピンズは、右手の手袋の毛皮をなでて、言いました。

「お茶が半分も飲めそうもない」

「でも、四分の一ぐらいにしたら?」と、マイケルが言いました。

「なにも、しゃれを言うことはありません」

メアリ・ポピンズの言いかたは、マイケルが、まったくそうだ、と思ったほどでした。

「だいたい、もう帰る時間です」

そらきた! メアリ・ポピンズは、さっきからふたりが、言わないでくれればいいなと思ってたことを、とうとう言いました。いかにも、メアリ・ポピンズらしいやりかたでした。

「もう、五分ね」

ジェインが、頼みました。

「ね、そうして、メアリ・ポピンズ！　新しい手袋、すごく似合うみたい」

マイケルが、おだてるように言いました。

メアリ・ポピンズは、そう言われたのはうれしそうでしたけど、だまされませんでした。

「だめです」と、言うと、ぴたりと口をむすんで、すたすたと出口のほうへ歩きだしました。

「あーあ！」

マイケルは、荷物の重みでよろめきながら、あとからついていき、「いちどだけでいいから、『いい』って、言ってくれないかなあ」と、つぶやきました。

しかし、メアリ・ポピンズは、すたすたいってしまうので、ふたりはついていかなければなりませんでした。うしろでは、サンタ・クロースが手をふっていましたし、クリスマス・ツリーの妖精の女王も、ほかのお人形も、みんな、悲しそうにほほえんで、「だれか、あたしを家へつれてって！」と、言っていましたし、飛行機も、みんな、翼を打ちならして、鳥のような声で、言ってました。

「飛ばしてください！　あたしを飛ばしてください！」

ジェインとマイケルは、この、ふたりの心を呼ぶ声に耳をふさいで、急いではなれていきました。おもちゃ売り場に、あれっぽっちしかいないなんて、まったくむちゃな、ひどい話だ、と思いながら。

ところが、ちょうど、みんなが店の出口までできたとき、思いもかけないことがおこりました。

三人は、ちょうど、ガラス戸をまわして、出ようとしているところでした。そのとき、通りのほうから走ってくる子どもの姿が、ちらちらと見えました。

「あれ、見てごらん！」

ジェインとマイケルが、声をそろえて、言いました。

「おや、おや、おどろいた」

メアリ・ポピンズも声をあげて、立ちどまりました。

驚くのはあたりまえでしょう。その女の子は、ほとんどなにも着ていないといっていい姿で、ただ、裸のからだに、空からひきちぎってきたかと思うような、軽やかな、細い青い布を、まとっているだけでした。その子は、たしかに、回転扉のことは、あまりよく知らないようでした。なかに入って、ぐるぐるぐるぐる、まわっているのでした。それをまた押すものですから、なおさら速くまわって、出られなくなり、いくらでもまわっては、声をあげて、笑っていました。それから、突然、さっと身をひるがえすと、つかまっていた回転扉からとびだし、ぱっと店のなかにおりたちました。

その女の子は、爪先で歩いて立ちどまると、あっちこっちと見まわして、だれかをさがしているようでした。が、大きなモミの木の陰に、半分隠れて立っていたジェインとマイケルとメアリ・ポピンズを見つけると、喜びにぱっと顔を輝かせて、うれしそうに走り寄ってきました。

「ああ、ここにいた！　待っててくれて、ありがとう。ちょっと、遅くなったかしら」と、言って、つやつやしてまぶしい腕を、ジェインとマイケルのほうへ、さしだしました。

「さあ」と、首をかしげて、「あたしに会って、うれしい？　そうでしょ、ね、そうでしょ！」

「そうね」

ジェインは、にっこりとして、言いました。だって、どんな人だって、とジェインは思いました。こんな、明るい、楽しそうな人に会って、うれしくないことはないでしょう。

「だけど、だあれ？　あなたは」と、ジェインは、不思議そうに聞きました。

「なんて名前？」

マイケルは、その子をじっと見つめながら、言いました。

「あたしが、だれ、ですって？　あたしの、名前？　あたしのこと、知らないなんて、よして。だって——」

その子は、驚いて、少しがっかりしたようでした。そして、突然、メアリ・ポピンズのほうを向いて、指さしました。

「あの人なら、あたしを知ってる。そうでしょ？　そう、あなたは知ってるわ！」

メアリ・ポピンズの顔に、不思議な表情が浮かんでいました。ジェインとマイケルには、メアリ・ポピンズの目のなかに、青い炎がゆらめいたように見えました。まるで、その子の空色の着物と、その子のまぶしさが、映っているようでした。

「たしか——そう」メアリ・ポピンズは、つぶやきました。

「マ、ではじまる名前じゃなかったかしら？」

その子は、うれしそうに、片足ではねました。

「そう、もちろん――知ってるくせに。マーイーア。マイアよ」

その子は、ジェインとマイケルのほうを向きました。

「さあ、これであたしがだれだかわかったでしょ。プレイアデスの星の姉妹の一番目よ。姉のエレクトラは――いちばん上だけど――メローペの世話をするんで、こられなかったの。メローペはまだ赤んぼう、あとの五人は、その間で――みんな女の子。お母さんは、男の子がいないんで、はじめはずいぶんがっかりしてたけど、いまは、気にしてないの」

その子は、ちょっと、踊りのステップを踏んで、それからまた、夢中になってかわいい声で、しゃべりだしました。

「ああ、ジェイン！　ああ、マイケル――あたし、空から、よくあなたたちのこと、見てたの。それが、いま、こうして、ほんとに話してるなんて。あなたたちのことなら、なんだって知ってるわよ。マイケルは、髪の毛をブラシでとかれるのが嫌いで、ジェインは、ツグミの卵を、暖炉の上のジャムのつぼに入れてるでしょ。それからあなたたちのお父さまは、頭のてっぺんがはげかかってるわ。あたし好き。あたしたちのこと、はじめて紹介してくださったの、お父さまですもの。――おぼえてない？　去年の夏のあの晩、こう言ったでしょ――。『ほら、あそこに、プレイアデス星座がある。七つの星がいっしょになってるが、空でいちばん小さい星座なんだ。だが、あのなかにひとつ、見えないのがあるんだよ』メローペのことよ、もちろん。あの子は、まだ小さいから、夜じゅう、出てるわけにはいかないの。とても小さな赤んぼうだから、早く寝なくちゃならないでしょ。上のほうじゃ、わたしたちのことを、豆姉妹《きょうだい》って言う人もいるし、そう、たまに七羽のハトって呼ぼれることもあるわ。でも、オリオンおじさんは、わたしたちのことを、『娘っ子』って呼んで、狩りにつれてってくれるの」

「だけどさ、ここへなにしにきたの？」マイケルは、まだ、目をまるくしたままで、聞きました。

マイアは、笑いました。

「メアリ・ポピンズに聞いてごらん。きっと知ってるから」

「教えて、メアリ・ポピンズ」と、ジェインが言いました。

「そりゃ」メアリ・ポピンズは、てきぱきと言いました。

「クリスマスに買い物をしたいと思うのは、世界中で、あなたたちふたりだけとはかぎらないし――」

「それよ」マイアは、うれしそうに、叫びました。

「あたっちゃった。わたし、ね、みんなにおもちゃを買いに、おりてきたの。わたしたち、そうちょくちょく出かけられないのよ。だって、春の雨をつくって、ためとくので、すごくいそがしいのよ。それが、わたしたち、プレイアデス姉妹《きょうだい》の特別の仕事だから。でも、みんなでくじ引きして、わたしが勝ったの。運がいいでしょ？」

マイアは、うれしそうに、自分の肩を両手で抱きしめました。

「ねえ、きて。わたし、長くはいられないの。またもどって、選ぶの手伝って」

そう言うと、マイアは、ふたりのまわりを踊りながら、ジェインやマイケルの間をいったりきたりして、おもちゃ売り場へ、つれもどしました。みんなが歩いていくと、買い物にきていた人たちは、目をぱちぱちさせて、びっくりして、荷物を落としたりしました。

「あれじゃあ、寒いわ。いったい、親御さんは、どんなつもりなんでしょう?」

と、お母さんたちは、突然、やさしく、おだやかになった声で、言いました。

「わたしは、こう思う——」お父さんたちが言いました。

「ああいうことを、許してはいかん。『タイムズ』に書かなけりゃ」

その声は、妙に荒っぽく、ざらざらしていました。

店の案内人の態度も、変わっていました。この四人の一行が通ると、みんな、マイアに対して、まるで女王さまにするみたいな、お辞儀をしました。

しかし、四人のほうは、だれも——ジェインも、マイケルも、メアリ・ポピンズも、マイアも——変わったことなんて、なにひとつ、目にも耳にも入りませんでした。みんな、自分たちのむかえた、この思いがけない事件に夢中になっていて、それどころではありませんでした。

「ここだ!」

そう言って、マイアは、おもちゃ売り場にとびこんでいきました。

「さあ、なにになさいます?」

店員がひとり、とんできて、マイアを見ると、うやうやしくお辞儀をしました。

「あたしの姉妹《きょうだい》めいめいに、なにかほしいの——六人よ。手伝ってね」

と、マイアは言って、にっこりしました。

「かしこまりました」

店員は、あいそよく答えました。

「はじめに――いちばん上のねえさん」と、マイアは言いました。

「とても家庭的なの。あの、銀色のお鍋がついてる小さなストーブは、どうかな？　あれにする。それから、あの縞《しま》模様の箒《ほうき》。あたしたち、星くずがいっぱいでこまってるのよ。きっと掃くのにつかえて、喜ぶでしょ」

店員は、色紙で品物を包みはじめました。

「つぎは、タイゲータ。ダンスが好きなの。ねえ、縄跳びの縄が、ちょうどいいって思わない？　ジェイン？　きちんと包んでね！」と、店員に言いました。

「遠くに帰るんだから」

マイアは、おもちゃの間を、とびまわっていました。ちょっとの間も、立ちどまらないで、あの、空できらきら輝いているときのように、水銀の玉みたいな軽い足取りで、歩きまわっていました。

メアリ・ポピンズと、ジェインと、マイケルは、マイアから目がはなせませんでした。マイアは、ちらり、ちらりと、みんなの目の前に、不意にあらわれて、相談をするからです。

「つぎは、アルキオネ。あの子は、ちょっとむずかしいな。おっとりしてて、考え深くて、なにもほしくないみたいで。本はどうかな、メアリ・ポピンズ？　この本の上の人たちは、なんでしょう――スイス――ロビンソン家の人々って？　これは、気にいるかもしれない。気にいらなくても、絵を見ればいいんだもの。これ、包んでください！」

マイアは、本を店員に渡しました。

「ケレーノのほしいものは、わかってる」

マイアはつづけました。「輪まわしよ。昼間は、空じゅうまわして通れるし、夜は、自分のまわりでぐるぐるまわせるし。あの赤と青のがいいようね」

店員は、またお辞儀して、輪まわしを包みはじめました。

「さ、あとは、おちびさんふたりだけ。マイケル、ステローペには、なにがいいかな？」

「独楽《こま》はどう？」

マイケルは、真剣に考えて、答えました。

「うなり独楽《ごま》？　すてきな思いつき！　踊ったり歌ったりしながら、空をまわっていくのを見たら、どんなに喜ぶだろう。それから、赤ちゃんのメローペには、なにがいいと思う、ジェイン？」

「ジョンとバーバラは」ジェインは、ちょっとはずかしそうに、答えました。「ゴムのアヒルをもってるけど！」

マイアは、明るい声をあげて、うれしそうに、自分の胸を抱きしめました。

「まあ、ジェイン、頭がいいのね、あなたって！　わたしだったら、とても思いつかなかったわ。メローペに、ゴムのアヒルをちょうだい。青くて、目の黄色いの」

店員は、包みをしばり、マイアは、店員のまわりをとびまわって、包み紙をつついてみたり、ひもをひっぱったりして、荷物がしっかりしばってあるかどうか、確かめました。

「これでよかった」と、マイアは言いました。

「どれひとつだって、落とすわけにはいかないもの」

マイケルは、マイアのことを、出会ったときからずうっと、まばたきもしないで、見つめっぱなしでしたが、このとき、メアリ・ポピンズのほうを向いて、ささやきました。

「でも、マイアは、財布を持ってないよ。だれがおもちゃのお金払うの？」

「あなたの知ったことじゃありません」

メアリ・ポピンズは、ぴしゃり、と言いました。

「それに、ないしょ話はいけません」

メアリ・ポピンズは、ポケットに手を入れて、さかんに、なかをさぐりました。

「なにか言った？」と、マイアは、びっくりしたように、目を大きくあけ、聞きました。

「払う？　だれも払わないわ。払うものなんてないんでしょ――ちがう？」

マイアは、きらきらと光る目を、店員のほうに向けました。

「は、けっこうです」と、店員はうけあいました。そして、包みをマイアに渡すと、また、お辞儀しました。

「やっぱり」と、マイアは、マイケルのほうを向きました。

「クリスマスでかんじんなことは、贈り物をするってことでしょ？　それに、わたし、なにを払うの？上じゃ、だれもお財布持ってないんだもの」

そして、そんなことは、考えただけでもおかしい、というように、笑いました。

「さ、いかなくちゃ」と、マイアはマイケルの腕をとりました。「みんな、家へ帰らなくちゃ。もう、だいぶ遅いのよ。あなたのお母さまが、お茶に間に合うように帰りなさい、って言うのを、聞いてたわ。それに、

あたしだって、もどらなくちゃ。さ」

そして、マイケルと、ジェインと、メアリ・ポピンズの先にたって、店を通りぬけ、回転扉から外へ出ました。

戸口を出たところで、突然、ジェインが言いました。

「だけど、マイアの贈り物がないわ。あの子、姉妹《きょうだい》みんなになにか買ったけど、自分のはなんにも買わなかったわ。マイアのクリスマス・プレゼントがない」

そう言うと、ジェインは、マイアにあげられるものがなにかないかと、持っていた包みを、あれこれと、さがしはじめました。

メアリ・ポピンズは、そばのショウ・ウインドウに、ちら、と目をやりました。そこには、あざやかに照りはえている自分の姿がありました。粋な、おもわず見とれるような、姿でした。まっすぐにかぶった帽子、きちっとプレスされた服、そして、新しい手袋は、まったく、その見事な装いの木に咲いた、花のようでした。

「静かになさい」

メアリ・ポピンズは、ジェインに向かって、つっけんどんに言いました。そして、新しい手袋をすっとぬぐと、マイアの手に、ひとつずつ、さっさとはめてやりました。

「さあ！」と、ぶっきらぼうに、言いました。

「きょうは寒いから、これでいいでしょ」

マイアは、手にひっかかっているみたいな、ひどく大きな、ぶかぶかの手袋を、じっと見ました。それから、なにも言わずに、メアリ・ポピンズに近づいて、あいているほうの腕をのばして、メアリ・ポピンズの首にまわし、頬にキスしました。しばらく、ふたりはお互いの目を見合っていました。そして、気持ちが通じた者同士がするように、にっこりとしました。それから、マイアはふりかえって、ジェインとマイケルの頬を、軽く指でさわりました。そして、ちょっとのあいだ、四人は、吹きさらしの町角に、まるく輪をつくって、立っていました。魔法でもかけられたように、お互いに見つめあったまま——。

「とっても楽しかった」

マイアの小さな声が、沈黙を破りました。

「あたしのこと、忘れないでちょうだい！」

子どもたちは、うなずきました。

「さよなら」と、マイアが言いました。

「さよなら」と、三人も言いました。いちばん言いたくない言葉でしたけれど。

さて、マイアは、ゆっくり背伸びをしてから、両手を上にあげ、さっと空中に飛びあがりました。そして、のぼりはじめました。

一歩一歩、上へ上へ、まるで、灰色の空にはめこまれた、目に見えない階段をのぼっていくように。のぼりながら、マイアは、みんなのほうに手をふりました。三人も、手をふってあいさつしました。

「なにごとだ、これはいったい？」

すぐそばで、だれかが言いました。

「まるで、信じられん！」と、もうひとりの人が言いました。

「無鉄砲《むてっぽう》な！」と、また別な人が言いました。もうたくさんの人が集まっていて、マイアが家に帰っていく、世にもめずらしい光景を見ていました。

お巡りさんが、人だかりを押しわけ、棍棒《こんぼう》でみんなをちらしながら、やってきました。

「おい、おい、なにごとだ、こりゃあ？　事故かね。なんだね？」

お巡りさんは、目をあげて、みんなの見ているほうを見つめました。

「こらあ！」お巡りさんは、マイアに向かって、げんこつをふりあげ、大声でどなりました。

「おりてこーい！　なにしとるか、そんなところで？　交通もなにも、とめおって。おりてくるんだ！　そんな真似は許さんぞ。――いかんぞ、公衆の面前では。許さん！」

はるかに上のほうで、マイアの笑い声が聞こえました。そして、なにかきらきらするものが、マイアの腕からぶらさがっているのが、見えました。それは、縄跳びの縄でした。やっぱり、包みは、ほどけてしまったのでした。

それからまだしばらくは、マイアが、空気の階段をはねながらのぼっていくのが見えていましたが、やがて、雲のなかに、姿を消しました。しかし、雲の向こうに、マイアがいることは、わかりました。厚い黒い雲のひとすみが、ぽっと明るく光っていましたから。

「いや、えらいめにあった」

と言って、お巡りさんは、大きな目で、上を見あげたまま、ヘルメットをもちあげて、頭をかきました。

「あって、いいんです！」

と、メアリ・ポピンズが言いました。それは、実に激しい言いかただったので、知らない人が聞けば、お巡りさんのことを、本気でおこってるのだ、と思ったかもしれません。でも、ジェインとマイケルは、そんな言いかたには、気をうばわれませんでした。メアリ・ポピンズの目に、あるものを見たからです。メアリ・ポピンズではない、だれかほかの人なら、涙と言ってよいものを――。

「ぼくたちが、そんなこと、考えつくと思う?」

と、マイケルが言いました。家に帰って、お母さまに、一部始終を話してあげたのです。

「それは」と、お母さまは言いました。

「だれでも、なにかと、変わった、すばらしいことを考えつきますからね」

「だって、メアリ・ポピンズの手袋のこと、どう思う?」と、ジェインが言いました。

「マイアにあげるの見てたのよ、あたしたち。ほら、いまは、してないでしょ。だから、ほんとなのよ」

「まあ、メアリ・ポピンズ?」

お母さまは、叫びました。

「あなたの、あの、毛皮のついた、いちばん上等な手袋を! あれを、あげちゃったの!」

メアリ・ポピンズは、フン、と息を吸いこみました。

「わたくしの手袋は、わたくしの手袋です。したいようにいたします!」と、えらそうに、言い捨てました。

そして、帽子をまっすぐになおして、お茶を飲みに、台所へおりていきました――。

十　西風

春の最初の日が、やってきました。

ジェインとマイケルには、すぐ、それがわかりました。お父さまのバンクスさんが、朝、お湯をつかいながら、歌を歌うのが聞こえましたから。それは、一年のうちで、一日しかないことでした。

この特別の朝のことは、ふたりは、いつまでも忘れませんでした。ひとつには、はじめてふたりが、朝ごはんに下へおりることを許された日でしたし、また、お父さまの黒い鞄《かばん》が見えなくなったからです。

つまり、その日は朝から、変わったことが二つもおこって、はじまったのです。

「わたしの鞄《かばん》はどこだ?」お父さまは、大声でどなって、自分の尻尾を追いまわす犬のように、玄関の広間を、ぐるぐるまわっていました。

そして、ほかの人たちも、みんな、ぐるぐるかけまわりはじめました。——エレンも、ブリルばあやも、子どもたちも。ロバートソン・アイでさえ、特別な働きぶりで、二度、まわりました。とうとう、お父さまが、書斎にあったのを自分で見つけて、高く手にかざして、ホールにとびこんできました。

「さてと」と、お父さまは、お説教でもはじめるような調子で、言いました。

「鞄《かばん》を置く場所は、いつも、ひとつ。ここだ。この傘立ての上だ。だれだ、書斎なんかにもちこんだのは?」

「あなたですよ。ゆうべ、所得税の書類を出すとき、もっていらしたじゃないの」と、お母さまが言いました。

お父さまは、情ないような顔で、お母さまのほうを見ました。お母さまは、もう少し気をきかせて、自分がもっていったと言えばよかった、と思いました。

「うふん――ははん！」

お父さまは、荒々しく鼻で息をつくと、壁際から外套《がいとう》をはずして、玄関に向かいました。

「おほう！」と、すこし元気をとりもどして、言いました。「チューリップに、つぼみがでたよ！」

お父さまは庭に出て、空気の匂いをかぎました。

「ふむ、風は西だな」

そう言って、望遠鏡の形をした風見がまわっている、ブーム提督の家のほうを見やって、「そうだと思った」と、言いました。「西風の天気になったぞ。明るく、さわやか、とくれば外套《がいとう》はよそう」

そう言って、お父さまは、鞄《かばん》と山高帽子をとりあげて、急いで町へ出かけました。

「お父さまが言ったこと、聞いた？」マイケルが、急に、ジェインの腕を、ぐっとつかみました。

ジェインは、うなずきました。「風は西」と、ゆっくり言いました。

ふたりとも、それっきりなにも言いませんでした。しかし、お互いの心のなかには、それぞれ、消したいと思っても消すことのできない、ある考えが浮かんでいました。

それでも、すぐ、そのことは、忘れてしまいました。なにもかも、いつものとおりのようでしたし、それに、春の日ざしを浴びて、ふたりの家もなかなかきれいに見えて、ペンキのぬりなおしや、壁紙のはりなおしが必要だとは、とても思えないくらいでした。いや、それどころか、いまはふたりとも、桜並木通

りで、いちばんりっぱな家のような気がしていました。

ですが、心配は、お昼ごはんがすむと、はじまりました。

ジェインは庭に出て、ロバートソン・アイと、畑を掘りかえしていました。ちょうど、ハツカダイコンの種を一列、まき終わったところでした。子ども部屋のほうで、なにか大騒ぎがおこったような物音がして、それから、だれか急ぎ足で階段をおりてくるのが、聞こえました。やがて、マイケルが、真っ赤な顔をして、ハアハア、と息を切らして、あらわれました。

「ほら、ジェイン、見て！」と、マイケルは叫んで、片手をさしだしました。見ると、メアリ・ポピンズの磁石を持っていました。マイケルのふるえている手のなかで、磁石はゆれ動き、円盤が針のまわりを、狂ったように、ぐるぐるまわっていました。

「あの磁石ね？」そう言って、ジェインは、マイケルの顔をけげんそうに見ました。

マイケルは、突然、わっと泣きだしました。

「ぼくにくれたの」マイケルは、泣きじゃくりました。

「もう、すっかり、ぼくのものにしていいんだって。ああ、なにか大変なことがあるんだ！　きっと、なにかはじまるんだ、いままで、なんにも、くれたことなんかないんだもん」

「きっと、ただ親切にしてくれたのよ」

と、ジェインは、なぐさめて言いましたが、胸のなかは、マイケルと同じように、不安でいっぱいになりました。メアリ・ポピンズが、わざわざ親切にしてくれることなんてない、ということは、よく知っていましたから。

しかも、おかしなことに、その日の午後は、ずうっと、メアリ・ポピンズは、ひとことも、おこった口をききませんでした。というより、ほとんどひとことも、ものを言いませんでした。メアリ・ポピンズは、なにか深い考えごとにとらわれているように見えました。そして、なにか聞いても、遠いところから聞こえてくるような声で、うわのそらに答えるだけでした。マイケルは、とうとう、我慢できなくなりました。

「よう、おこって、メアリ・ポピンズ！　もう一度、おこってよ、ねえ！　なんだかへんだよ。とっても心配になってくるよ」

ほんとに、マイケルは、はっきりわかりませんが、なにかが、桜並木通り十七番地におこりそうな感じがして、気分がめいって、しかたがありませんでした。

「心配のことで心配なら、それこそ、心配でしょうよ！」

と、メアリ・ポピンズは、いつもの声で、心配で、不機嫌そうに、言いかえしました。

それで、すぐ、マイケルは、気分が少し楽になりました。

「ただ、気にしてるだけかもしれない」と、マイケルは、ジェインに言いました。「きっと、なんにも変わらないんだろ。ただ、なんとなく——ねえ、そう思わない、ジェイン？」

「たぶん、ね」ジェインは、ゆっくりと言いました。しかし、ジェインは、一心に考えていました。そして、胸のなかで心臓がしめつけられるような気がしていました。

夕方になると、風はだんだん激しくなって、家のまわりを、強く吹きまくりました。ビュウ、ビュウ、と煙突を笛のように鳴らし、窓の下の隙間から吹き込み、子ども部屋のじゅうたんの端を、ふわっとめくりあげました。

メアリ・ポピンズは、子どもたちに晩ごはんを食べさせ、あたりのものを片づけて、きちんと、手際良く整頓しました。それから、子ども部屋を掃除して、鉄瓶《びん》を暖炉の火にかけました。

「さ、これでよし！」部屋を見まわして、なにもかも、片づいているのを見とどけると、そう言いました。そして、しばらく、だまっていました。それから、片方の手をマイケルの頭に軽く置き、もうひとつの手をジェインの肩に、置きました。

「さあ」と、メアリ・ポピンズは言いました。「ちょっと下へいって、ロバートソン・アイに靴をみがいてもらってきます。もどってくるまで、いい子にしてるんですよ」そう言って、部屋を出て、静かに扉をしめました。

メアリ・ポピンズが出ていくと、すぐ、ふたりは、追いかけていかなければいけないような気がしました。でも、なにかが、ふたりを引きとめようとしたようでした。ふたりは、ただ、じっとして、テーブルの上に肘《ひじ》をついて、もどってくるのを待っていました。お互いに相手を安心させるために、なにも言わないようにしていました。

「わたしたちって、へんね」

しばらくして、ジェインが言いました。

「変わったことなんて、なんにもないのに」

しかし、そう言ったジェインにしても、ほんとにそう思ってるわけではなく、マイケルを安心させるためだということは、自分で、わかっていました。

子ども部屋の置き時計が、暖炉のほうで、カッチ、カッチ、と鳴っているのが、はっきり聞こえていました。暖炉の火が、ゆらゆらと光をなげ、木が、パチパチと音をたてていましたが、だんだんそれもかすかになってきました。それでもまだ、ふたりは、テーブルに向かってすわったまま、待っていました。

とうとう、マイケルが、不安にたえられなくなって、言いました。

「もう、ずいぶんたったよ、ねえ?」

それに答えるように、風が、ヒュウウ、と家のまわりでうなりました。時計は、相変わらず重々しい二拍子で、カッチ、カッチ、とつづけていました。その静けさが、突然、バタン、という玄関の扉がしまる音で、破られました。

「マイケル!」ジェインは、突然立ちあがりました。

「ジェイン!」マイケルの顔は、不安の色を浮かべて、さっと青ざめました。

ふたりは、耳をすませました。そして、急いで窓に走り寄って、外を見ました。

下を見ると、ちょうど玄関を出たところに、メアリ・ポピンズが立っていました。コートを着て、帽子をかぶって、片手に、じゅうたんのバッグを、もういっぽうの手に、こうもり傘を、持っていました。風は、メアリ・ポピンズのまわりを激しく吹きまくって、スカートをひっぱったり、帽子を海賊船のようにかたむけたりしました。でも、ジェインとマイケルには、メアリ・ポピンズが、そんなことは、少しも気にしていないように、見えました。まるで、気心の知れた者同士のように、風に向かって、にっこりとしましたから。

あがり段のところで、メアリ・ポピンズは、ちょっと立ちどまって、ちらと玄関のほうをふりかえりました。

それから、雨も降っていないのに、すばやく傘を開くと、頭の上にかざしました。

風は、激しくうなって、傘の下へ吹き込んでいました。そして、メアリ・ポピンズの手から、こうもり傘をもぎとろうとするみたいに、ぐうっと、下から押しあげました。でも、メアリ・ポピンズは、しっかりにぎっていて、はなしませんし、風のほうでも、そうしてほしかったにちがいありません。見る間に、風は、傘とメアリ・ポピンズを、地面から空中にもちあげました。風は、メアリ・ポピンズの爪先が庭の道を、そっとかすめるくらいに軽々と運んでいきましたが、すぐ、ぐっと吹きあげて門を越え、通りのサクラ並木の梢に向かって、ふわっと運び去りました。

「いっちまう、ジェイン、いっちまうよ！」マイケルは、泣きわめきました。

「早く！」と、ジェインが叫びました。「双子を連れてきましょう。さよならさせなくちゃ」

ジェインも、そしてマイケルも、もうはっきりと、さとりました。メアリ・ポピンズは風が変わったので、遠いところへいってしまうのだということを。

ふたりは、双子をひとりずつ抱いて、急いで窓のところにもどりました。

メアリ・ポピンズは、もう、だいぶ高くのぼっていました。サクラ並木や、家々の屋根の上を、空高く浮かんで、通り過ぎていきました。片手でしっかり傘につかまって、もう片方の手には、じゅうたんのバッグを持って。

双子は、静かに泣きはじめました。

ジェインとマイケルは、あいてるほうの手で窓をあけて、もう一度、メアリ・ポピンズが飛び去っていくのをとめようと、最後の努力をしました。

「メアリ・ポピンズ！」ふたりは、叫びました。

「メアリ・ポピンズ、帰ってきて！」

しかし、メアリ・ポピンズには、聞こえませんでした。それとも、わざと、聞こえないふりをしたのでしょうか。とにかく、遠くへ遠くへと、飛びつづけ、雲がむらがっていて、風のうなり声のする空の向こうを、遠ざかっていき、ついに、遠い丘の向こうに、ふっと消えてしまいました。子どもたちの目には、もう、激しい西風に吹かれて、枝を曲げ、うめき声をあげている木々のほかは、なにも見えなくなっていました。

「ほんとに、しますって言ったとおりに、したんだわ。風が変わるまで、いたんですもの」

そう言って、ジェインは、溜息をついて、悲しく窓からはなれました。それから、ジョンを寝台につれていって、寝かせました。マイケルは、なにも言いませんでしたが、バーバラを寝台へつれていって、ふとんをかけてやりながら、あわれっぽく、鼻をすすりあげました。

「ねえ」と、ジェインが言いました。

「いつか、また会えるかしら？」

そのとき、突然、階段のほうで声がしました。

「ジェイン、マイケル！」お母さまが、戸をあけて、ふたりを呼びました。

「あんたたち――なんてことなんでしょう？　メアリ・ポピンズがいってしまって――」

「ええ」と、ジェインとマイケルが言いました。

「じゃ、あんたたち、知ってたの？」

お母さまは、すっかり驚いて、言いました。

「いくって、言いましたか?」

ふたりが首をふると、お母さまはつづけました。

「ひどすぎます。さっきいたかと思ったら、もういない。わけも言わないで、よ。いきなり、こうです。『では、失礼いたします!』それでおしまい、いってしまったんです。聞いたこともないわ、こんなむちゃな。ひとをくった、こんな礼儀知らずな――おや、なんです、マイケル、マイケル?」

お母さまは、眉をひそめて、言葉を切りました。マイケルが、両手で、お母さまのスカートをつかんで、強くゆさぶったからです。

「どうしたん、です。マイケル?」

「帰ってくるって、言った?」

と、マイケルは、お母さまがころんでしまいそうなくらい、ゆさぶりながら、叫びました。

「ねえ、そう言ってた?」

「マイケル、インディアンみたいな真似はよしなさい」

と、お母さまは言って、マイケルの手をふりほどきました。

「なにを言ったか、なんて、おぼえちゃいませんよ。ただ、いくって言っただけなんですからね。だけど、帰りたいといっても、わたしは、帰しはしませんよ。手伝いがなくてこまるのに、おっぽりだしてしまうなんて、だいいち、急にですよ」

「お母さまってば！」ジェインは、責めるように、言いました。

「お母さまったら、ひどいよ」

マイケルは、こぶしをかためて、まるで、いまにもぶつかっていきそうな様子で、言いました。

「なんですか、ふたりとも！　あきれた人たちね――よくもそんなことが、お母さまを、こんなひどいめにあわせた人に、帰ってきてもらいたいなんて。まったくあきれました」

ジェインは、わっと泣きだしました。

「世界中で、いてほしいのは、メアリ・ポピンズだけだい！」

マイケルは、泣きわめいて、床の上に、つっぷしてしまいました。

「おやおや、ふたりとも、どうしたっていうんです？　わからないわ、ね、いい子になって、お願いよ。今夜は、あなたたちの面倒を見てくれる人は、だれもいないんですよ。お母さまは、外でお夕食しなければなりませんし、エレンはお休みの日だし。ブリルばあやにきてもらいましょう」

そう言ってお母さまは、子どもたちに、力のないキスをして、額に心配そうなしわを一本寄せながら、部屋を出ていきました。

「とても、わたしにゃ、できないこったね、こんなこと！　かわいそうに、こんなかわいい子どもたちを、ほったらかしにして、いっちまうなんて――」

ブリルばあやが、しばらくしてから、せかせかと部屋に入ってきて、子どもたちの世話をはじめながら、言いました。

「石の心臓だわね、あの娘の心臓は。ほんとの話。でなけりゃ、わたしの名前が、クララ・ブリルっていうのも、まちがいだわね。それに、いつも、てんで他人にかかわりなし、思い出になるレースのハンケチ一枚、帽子のピンひとつくれたためしがないんだから。ほら、マイケルぼっちゃん、おきてくださいな！」

ブリルばあやは、ハアハアいいながら、しゃべりつづけました。

「わたしらも、よくまあ、いままでだまってしんぼうしてこられたもんだ、不思議なくらいですよ。——気取って、貴婦人ぶって。ジェイン嬢ちゃん、なんてまたたくさん、ボタンをつけたもんだ！　さあ、ちゃんと立ってくださいよ、マイケルぼっちゃん、服をぬぎましょうよ。それにまた、器量はよくないし、ぱっとしたところもなし、ね。まったくの話、いろいろまとめて言えば、いないほうがいい、と言えないこともないわね、こうなれば。さて、ジェイン嬢ちゃん、お寝間着は、どこでしょう——おや、なんだろう、これは、この枕の下にあるのは——？」

ブリルばあやは、小さな、しゃれた包みを、ひっぱりだしました。

「なあに、それ？　わたしにちょうだい——ちょうだいよ！」

ジェインは、わくわく身をふるわせながら、そう言って、ブリルばあやの手から、その包みを、さっととりました。マイケルもそばへ寄ってきて、ジェインが、包みのひもをほどいて、茶色の包み紙をあけるのを、見ていました。ブリルばあやは、包みのなかからなにが出てくるか、見ようともせずに、双子の部屋のほうへいきました。

最後の包み紙が床に落ちて、ジェインの手に、中身が、あらわれました。

「メアリ・ポピンズの絵よ、これ」ジェインは、しんみりとながめながら、つぶやくように言いました。

ほんとに、そうでした！

小さな、波形の額縁のなかに、メアリ・ポピンズの絵が、入っていました。そして、下のほうに、「メアリ・ポピンズ、バート描く」と、書いてありました。

「これ、マッチ売りの人だ。自分も手にとって、つくづくとながめてみました。——あの人がかいたんだ」

と、マイケルは言って、自分も手にとって、つくづくとながめてみました。

ふと、ジェインは、絵に手紙がつけてあるのに気がつきました。それを、だいじそうにあけてみると、こう書いてありました。

「ジェインへ
マイケルには磁石をあげましたから、この絵はあなたに。
オー・ルボアール。
メアリ・ポピンズ」

ジェインは、声を出して、読んでいきましたが、知らない言葉が出てきて、やめました。

「ブリルばあや！」と、呼びました。

「『オー・ルボアール』って、どういう意味？」

「オー・ルボアール、ですって？」ブリルばあやは、隣りの部屋から、かん高い声で言いました。

「はて、その意味は、――ええと、待ってください、どうもそういう外国の言葉は、あんまり縁がないんでね。――さて、『ごきげんよう』でしたっけ？　いや、ちがう、ちがいました。ジェイン嬢ちゃん、『また会う日まで』ってことでしょう、たしか」

ジェインとマイケルは、顔を見合わせました。わかった、という喜びが、ふたりの目のなかで、輝いていました。ふたりは、メアリ・ポピンズの気持ちがわかったのです。

マイケルは、ほっとして、長い溜息をつきました。

「少し、よかった」と、ふるえる声で、言いました。

「メアリ・ポピンズは、いつだって、すると言ったことはするから」

そして、向こうを向きました。

「マイケル、泣いてんの？」と、ジェインが聞きました。

マイケルは、首をふりむけ、笑ってみせようとしました。

「ちがうよ、泣いてないよ」と、言いました。

「目だけだい」

ジェインは、マイケルを、そっとベッドのほうへ、押しやりました。そして、マイケルがベッドに入ると、その手のなかに、メアリ・ポピンズの絵を、静かにのせてやりました。――惜しくならないうちにと、急いで。

「今夜は、もっていていいわよ」と、ジェインは、ささやいて、それから、マイケルの毛布をなおしてやりました。いつも、メアリ・ポピンズがしていたように――。

トラバース（一八九九－一九九六）
イギリスの児童文学作家。本名はヘレン・リンドン・ゴフ。一八九九年、オーストラリアに生まれる。一九二四年、二五歳の時にイギリスへ移住し詩人としてデビュー。その後、児童向けの小説や詩を多数発表。一九七七年、大英帝国勲章受勲。

岸田衿子（一九二九－二〇一一）
一九二九年、東京に生まれる。詩人・童話作家。岸田國士を父に持ち、妹は女優の岸田今日子。東京芸術大学油絵科を卒業。詩集に『忘れた秋』。絵本、童話に『かばくん』『帰ってきたきつね』。童詩集に『木いちごつみ』『森のはるなつあきふゆ』。エッセイ集に『風にいろつけたひとだれ』。翻訳にアーノルド・ローベル『どろんここぶた』などがある。

安野光雅（一九二六－二〇二〇）
一九二六年、島根県津和野町に生まれる。ＢＩＢ金のリンゴ賞（チェコスロバキア）、国際アンデルセン賞などを受賞。一九八八年紫綬褒章、二〇〇八年菊池寛賞、他を受賞。二〇一二年、文化功労者に選ばれる。主な著作に「『旅の絵本』シリーズ（全九巻）」（福音館書店）、『本を読む』（山川出版社）、『小さな家のローラ』（小社刊）などがある。二〇〇一年、津和野町に「安野光雅美術館」、二〇一七年、京丹後市の和久傳の森に「森の中の家 安野光雅館」が開館。

本書は、一九九三年に河出書房新社より刊行された、岸田衿子翻訳による「メアリ・ポピンズ」を著作権継承者の了解をいただき、使用させていただきました。

メアリ・ポピンズ

二〇一九年 一月二五日 初版第一刷発行
二〇二三年一一月三〇日 初版第三刷発行

作 トラバース
訳 岸田衿子
絵 安野光雅
発行者 小川洋一郎
編集 仁藤輝夫 藤川恵理奈
発行所 株式会社朝日出版社
〒一〇一－〇〇六五
東京都千代田区西神田三－三－五
電話〇三－三二六三－三三二一（代表）
印刷・製本 大日本印刷株式会社

ISBN 978-4-255-01096-0